그리스인 조르바

MINI BOOK
CLOUD
LIBRARY
16

그리스인 조르바
-1-

Zorba the Greek

니코스 카잔차키스 지음
안영준 옮김

생각뿔

차례

1

나는 피레에프스에서 조르바를 처음 만났다. 나는 항구에서 크레타섬으로 가는 배를 타기 위해 기다리고 있었다. 날이 밝아 오고 있었고 비가 내리고 있었다. 동남쪽에서 바람이 거세게 불면서 파도의 물보라가 카페 안으로 들어왔다. 카페 유리문은 닫혀 있었는데, 실내에서는 사람들의 땀 냄새와 샐비어(신경 계통이나 소화기 계통에 뛰어난 효과가 있어 약용으로 많이 사용되는 약용 식물) 술 냄새가 났다. 추운 날씨에 사람들이 내쉰 입김이 카페 유리창에 부옇게 서려 있었다. 그곳에서 밤을 지새운 뱃사람 대여섯 명이 갈색 양털 재킷 차림으로 커피나 차를 마시면서 뿌연 창을 통해 바다를 보고 있었다.

거센 폭풍우에 놀란 물고기들은 바다 깊은 곳으로 몸을 피하고 바다 위 세상이 다시 고요해지기를 기다리고 있었다. 어부들은 카페에 모여 폭풍이 어서 지나가 물고기들이 수면으로 올라와서 미끼를 물어 주기를 기다리고 있었다. 농어, 가오리, 서대기가 한밤의 산책을 마치고 다시 집으로 돌아오고 있었다. 동이 트고 있었다.

유리문이 열리더니 인부 한 사람이 들어왔다. 작지만 건장한 체격에 우락부락한 얼굴을 한 그가 카페 안으로 들어섰다. 진흙이 덕지덕지 묻은 맨발이었다.

"어이, 콘스탄디스! 요새 어떻게 지냈나?"

푸른색 상의를 입은 늙은 선원이 그를 향해 소리쳤다.

콘스탄디스는 화내며 침을 뱉고는 그의 말을 되받았다.

"어떠냐고? 한나절 내내 카페에서 죽치고, 해가 지면 하숙집에서 시간을 죽이지. 아침이 되면 다시 이곳에서 죽치지. 이게 내 일이네. 젠장."

몇몇은 웃었고, 몇몇은 고개를 끄덕이고 욕하며 투덜거렸다.

"인생은 감옥살이지. 그것도 무기징역이고말고." 카라괴즈 극장에서 나름 철학을 배운 콧수염이 난 뱃사람이 말했다.

청록색의 푸르스름한 빛줄기가 지저분한 카페 유리창에 들어와 비추더니 이내 카페 안 사람들의 손과 코 그리고 이마를 훑고 지나갔다. 빛줄기는 카페의 술병도 붉게 물들였다. 그 탓에 전깃불이 보잘것없어지자 고개를 떨어뜨리며 졸던

주인은 손을 뻗어 전등 스위치를 내렸다.

잠시 적막이 흘렀다. 모두가 뿌연 창밖 너머 하늘을 바라보았다. 파도가 포효하는 소리가 밖에서 들렸고, 안에서는 물 담뱃대를 빨아 대는 소리가 들렸다.

푸른색 상의를 입은 선원은 한숨을 쉬며 말했다. "레모니스 선장은 어떻게 된 거야? 신이시여, 그를 보살펴주소서." 그는 바다를 향해 매섭게 소리쳤다. "남의 가정을 망치는 바다에 저주가 있을 것이다!"

나는 추위에 몸을 떨며 구석에 앉아 있었다. 두 번째로 샐비어 술을 시키며 잠과 피곤함, 서글픈 마음과 싸우고 있었다. 나는 뿌연 창문으로 뱃고동 소리, 짐꾼들의 고함 소리에 깨어나는 항구를 하염없이 바라보았다. 바다, 비 그리고 항구를 떠날 생각이 그물처럼 내 마음을 휘감았다.

나는 큰 배의 검은색 뱃머리에서 시선을 떼지 않았다. 배는 여전히 어둠에 싸여 있었고 비는 멎을 기미가 없었다. 빗줄기가 하늘과 진흙탕을 이어 주는 것 같았다.

검은 배와 그림자, 비를 바라보는 동안 내 마음속의 아픔이 천천히 실체를 드러냈다. 비와 우울은 습한 공기 속에서 사랑하는 친구의 모습으로 나타났다. 언제였을까? 작년? 전생? 어제? 나는 친구에게 작별 인사를 하기 위해 항구에 왔었다. 그날은 비가 내렸고, 추웠고, 동이 트고 있었다. 그때 내 마음은 무거웠고 슬픔으로 가득 차 있었다.

사랑하는 사람들과 서서히 멀어진다는 것은 얼마나 쓰라린 일인가. 단칼에 깔끔하게 헤어지고 혼자 외로움을 이겨 내는 것이 나았을 것이다. 고독은 인간의 자연스러운 상태니까. 그러나 그 비가 오던 날, 나는 내 친구를 보낼 수 없었다(나중에 그 이유를 깨달았지만 늦은 후였다). 나는 그와 함께 배에 올랐다. 그의 선실 안 제각기 흩어진 가방 사이로 가 앉았다. 나는 그가 다른 일에 몰두하는 동안 그를 고집스럽게 쳐다보았다. 푸르른 눈빛과 둥근 얼굴, 지적이고 자신감 넘치는 표정, 그리고 가늘고 긴, 귀족스러운 그의 손가락을 집요하게 보았다. 마치 그의 몸 하나하나를 기억해 두려는 것처럼.

한순간 그는 내가 그를 훑어본다는 것을 알아차렸다. 친구는 본인의 감정을 숨기고 싶을 때처럼 비웃는 표정으로 등을 돌렸다. 친구는 나의 행동을 금세 알아차리고 슬며시 웃으며 말했다.

"언제까지 그럴 건가?"

"무슨 뜻이야?"

"언제까지 종이 속에서 허우적거리며 머리에 잉크를 뒤집은 채 살아갈 거냐고. 나와 가자. 저기 캅카스엔 위험에 빠진 수많은 우리 동포가 있어. 나와 함께 그들을 구해 주자."

그렇게 말하고 나서 그는 자신의 계획이 부질없다는 듯 웃었다.

"우리가 구할 수 없을 수도 있지. 그렇지만 그들을 구하는 시도가 우리를 구할 수도 있을 거야. 자네도 그렇게 설교했었지 않았나. '자신을 구하는 길은 남을 구하기 위해 투쟁하는 것뿐이다.' 자네는 설교만 잘하는 건가. 어서 나와 함께 가세."

나는 대답하지 않았다. 나는 저 동쪽의 높이 솟은 신들의 산, 바위에 묶여 있던 프로메테우스의 고통 섞인 신음이 퍼지던 산을 생각했다. 우리의 동포들은 오랫동안 그 바위에 결박당한 채 구해 달라고 울부짖고 있었다. 그들은 위험 속에 있었고 자신의 자손을 향해 소리쳤다. 그런데 나는 꿈쩍없이 듣기만 했다. 고통이 꿈이라는 듯, 인생이 마치 연극 같아서 무대 위로 오른 행동은 촌스럽다는 듯이.

나의 대답을 기다리던 친구는 먼저 일어섰다. 뱃고동 소리가 세 번째 들리고 있었다. 친구는 나에게 손을 내밀며 말했다.

"잘 지내게. 책벌레야." 친구는 감정을 감추려 빈정거리듯 말했다.

그는 감정을 숨기지 못하는 것이 창피하다는 것을 잘 알았다. 눈물을 흘리는 것, 부드럽게 속삭이듯 말하는 것, 과장하는 몸짓, 가식적인 친밀한 표현은 수치심을 줬다. 우리는 서로를 많이 좋아했지만, 그 흔한 다정한 말을 주고받은 적이 없었다. 우리는 짐승들처럼 장난을 치며 할퀴고 놀았다. 친구는 냉소적이고 세련된 지적인 인간이었다. 나는 거칠게 갑자기 웃음을 터뜨리는 즉흥적인 인간이었다. 그는 자신의 감정을 통제하고 미소로 포장할 줄 알았다.

나 또한 거칠게 말하며 내 감정을 숨기려 했다. 하지만 창피했다. 아니, 그게 잘 되지 않았다. 나는 친구의 손을 붙잡고 놓지 않았다. 친구는 당황해하며 나를 바라보았다.

"섭섭하냐?" 그는 슬며시 미소를 지어 보였다.

"그래." 난 조용히 대답했다.

"왜? 우린 오래전부터 합의했잖아. 네가 좋아하는 그 일본인들이 말하는 부동심, 평정심, 아타락시아(잡념에 사로잡히지 않고 동요가 없이 고요한 마음의 상태). 미소 짓는 얼굴의 가면. 가면 뒤의 일은 각자의 몫인 거지."

"그래." 나는 긴 대화를 하지 않기 위해 짧게 대답했다. 길게 대화하게 되면 내 목소리의 떨림을 조절할 수 없을 것 같았다.

뱃고동 소리가 들리자 방문객들이 모두 밖으로 나갔다. 이별의 인사들과 주고받는 약속, 끝이 없어 보이는 긴 입맞춤, 숨 가쁘게 내뱉는 당부의 말이 대기에 맴돌았다. 어머니가 자녀에게, 아내가 남편에게, 친구가 친구에게 안겼다. 마치 이 만남이 마지막이기라도 한 듯, 지금의 이별이 영원한 이별을 떠올리게 한다는 듯. 부드럽고 다정한 종소리가 공중에서 울려 퍼졌다.

친구가 내게 몸을 숙이며 물었다.

"무슨 불길한 예감이라도 드는 거야?"

"그래." 내가 대답했다.

"혹시 엉터리 같은 이야기를 믿는 건 아니지?"

"아니." 나는 확신에 차 말했다.

"그런데?"

'그런데' 같은 건 없었다. 나는 그런 것을 믿지 않지만 두려웠다.

친구는 왼손으로 내 무릎을 살짝 쳤다. 대화 중 마음속에서 결단을 내릴 때마다 나오는 그의 습관이었다. 내가 친구에게 이제 그만 결정을 내리라고 보채면 그는 대부분은 거절했다. 그러다가 내 의견을 받아들일 때에는 "자네와의 우정을 생각해서……."라고 말하며 언제나 내 무릎을 살짝 쳤다.

친구는 눈을 깜박거렸다. 두세 번쯤. 그런 후 다시 나에게 눈을 고정했다. 친구는 나의 슬픔을 알아차렸다. 그는 우리가 즐겨 사용하는 무기인 비웃음을 선뜻 사용하지 못했다.

"좋아. 나에게 손을 줘 봐. 우리 중 한 명이 큰 위험에 빠진다면……."

그는 부끄러운지 말을 잇지 않았다. 지난 시간 동안 우리는 심리학적 공상과 채식주의, 심령술사, 영기주의자, 접신론자 따위를 싸잡아 조롱했었다.

"그래서?"

나는 친구의 뒷말을 추측해 보았다.

"둘 중 누군가 죽을 고비를 맞거든 상대방이 어디에 있는지 알 수 있게 상대를 강렬하게 생각하자. 최대한 집중해서 자기가 어디 있는지 알려 주자고. 동의하지?"

그는 웃으려 했지만 입술이 붙어 버린 듯 웃지 않았다.

"알았어."

"물론 텔레파시 따위를 믿지는 않아." 그는 자기감정을 너무 드러낸다 싶었는지 급히 말을 이었다.

"괜찮아. 상관없어." 나는 중얼거렸다.

"그렇게 하자."

"좋아. 그럼 그러자."

"동의하네." 내가 다시 말했다.

우리의 마지막 대화였다. 그와 나는 조용히 손가락을 잡았다 빠르게 풀었다. 나는 쫓기듯이 빨리 걸어갔다. 나는 다시 한번 그를 보고 싶었다. 고개를 돌릴까 하다가 참았다. '돌아보지 마. 이제는 앞으로만 가.' 스스로를 타일렀다.

인간의 영혼은 진흙처럼 아직 예술품으로 빚어지지 않고 다듬어지지 않았다. 영혼은 무디고 둔하고 아무것도 예측할 수 없다. 만약 인간이 미래를 예견할 수 있었다면 우리의 이별은 얼마나 달랐을까.

점점 아침이 오고 있었다. 두 아침은 하나가 되어 섞였다. 비가 오는 습한 대기 속에서 친구의 슬픈 얼굴을 선명하게 떠올렸다. 카페의 문이 열리고 우렁찬 파도 소리와 함께 콧수염이 난 뱃사람이 다리를 쩍 벌리며 들어왔다. 주위에서는 그를 반기는 환호성이 들렸다.

"어서 오세요. 레모니스 선장."

나는 구석 자리에서 혼자 나만의 생각을 이어 가려고 했다. 그렇지만 친구의 얼굴은 빗속으로 사라져 버렸다.

밖은 점점 밝아왔고 레모니스 선장은 묵주를 만지작거렸다. 그는 근엄하고 진지한 얼굴로 기도를 드렸다. 나는 친구의 얼굴을 떠올리기 위해 주위 소리를 듣지 않으려고 노력했다. 옛날 나를 '책벌레'라고 부른 친구의 분노에 찬 목소리를 듣던 그 순간으로 돌아가고 싶었다. 아니, 분노보다는 수치심에 가까웠다. 친구의 말이 맞았다. 인생을 사랑한다고 말하면서 나는 왜 종이와 잉크에만 찌든 자신을 그대로 두었을까? 우리가 이별하던 날, 그는 나 자신을 똑똑히 볼 수 있게 해 주었다. 나는 마음이 편했다. 이제 내가 불행한 이유를 알게 되었으니 그 불행은 더 이상 막연하지 않았고 이름이 있었다.

형체가 생겼으니 그것과 싸우는 것이 두렵지 않았다.

그의 말은 내 내면에서 은밀히 커져 갔다. '책벌레'라는 형편없는 짐승을 내 내면에서 키운다는 것은 수치스러웠다. 나는 종이를 버리고 행동으로 보여 줄 기회를 찾아다녔다. 한 달 전에 마침 기회가 왔다. 바다를 사이에 두고 리비아 해안에 있는 폐광으로 가기로 했다. 책벌레들과 떨어져 노동자, 농부 등 평범한 사람들과 살기 위해 나는 크레타섬으로 향하고 있다.

나는 이 여행이 갖는 의미를 떠올리며 떠날 준비를 했다. 새로운 삶으로의 길이 펼쳐진다고 생각했다. '나의 영혼아. 너는 그림자를 보고도 만족했었지? 이제 넌 너의 삶의 실체 앞으로 가게 될 것이다.' 나는 나에게 속으로 말했다.

나는 준비를 끝마쳤다. 떠나기 전날, 나는 정리하던 서류들 속에서 미완성 원고들을 발견했다. 반쯤 쓰다 만 원고 속에는 나의 욕망과 갈등이 자리 잡고 있었다. 그것은 부처였다. 부처가 내 안에서 몸을 불려 갔다. 그것은 점점 커져 밖으로 나오기 위해 나를 차기 시작했다. 나는 그것을 외면할 수 없었다. 정신적으로 그를 좇을 시기를 놓쳤던 것이다.

원고를 들고 망설이는데 친구가 보였다. 그의 다정하고 냉소적인 미소가. "가져갈 거야!" 나는 찔렸다는 듯이 말했다. "무섭지 않아. 가져갈 거야. 웃지 마." 나는 아기를 조심스레 안듯이 원고를 쌌다.

레모니스 선장의 목소리가 들렸다. 나는 절로 귀를 가까이 가져갔다. 그는 도깨비 이야기를 들려주고 있었다. 폭풍이 몰아칠 때 도깨비가 선장 배의 돛을 붙잡고 있었다는 이야기였다.

"부드럽고 미끌미끌했지. 하지만 그걸 잡으면 손에 불이 났어. 그 손으로 수염을 쓰다듬자 도깨비처럼 번쩍였지. 배 안으로 바다가 밀려 들어와 석탄 화물이 다 젖었지. 그러자 서서히 배가 기울었지. 그런데 그 순간 하느님의 손길이 내려왔어. 벼락이 내려 화물칸이 다 부서져서 석탄이 바닷속으로 쏟아졌고 가벼워진 배는 균형을 잡았네. 그래서 난 살 수 있었어."

나는 주머니에서 단테의 『신곡』 문고판을 꺼냈다. 그러고는 편히 벽에 기대 파이프에 불을 붙였다. 어디서부터 읽어야 할까? 들끓는 「지옥 편」부터? 정화하는 「연옥 편」부터? 아니면 인간의 희망이 최고의 감정 기준이 되는 대목? 나는 내 마음대로 선택할 수 있었다. 나는 문고판을 들고 자유를 즐기고 있었다. 아침 일찍 고른 단테의 시구에 오늘 하루를 맡기게 될 것이다.

시구를 결정하려고 신경을 집중했지만 그럴 틈이 없었다. 무언가 심상치 않은 느낌에 고개를 들었다. 어찌된 영문인지 내 정수리에 구멍이 뚫릴 듯 보고 있는 두 개의 눈동자가 있었다. 나는 고개를 돌려 유리문을 보았다. 나는 잠깐, 친구일 수도 있다는 헛된 희망이 일었다. 나는 기적을 받아들일 준비가 되었지만 기적은 일어나지 않았다. 키가 큰 60대 중반의 노인이 유리창에 바짝 붙어 나를 보고 있었다. 깡마른 노인은 자그마한 보따리를 들고 있었다.

노인의 눈빛은 오묘했다. 냉소적이지만 불길이 타오르는 듯한 눈빛이었다. 나의 착각일지 모르지만 내 눈에는 그랬다.

시선이 마주치자 그는 확신했다는 듯 다가왔다. 그는 단호하게 문을 열어 성큼성큼 내 앞으로 왔다.

"여행 중이오?" 낯선 사람이 내게 물었다. "어디로 가시나요?"

"크레타로 갑니다. 왜 물으시죠?"

"날 데려가겠소?"

나는 유심히 그를 살폈다. 움푹 팬 뺨, 발달된 턱, 불거진 광대뼈, 반백의 곱슬머리, 빛나는 두 눈을.

"왜 그러시죠? 당신과 내가 할 수 있는 일이 있나요?"

그는 어깨를 들썩해 보였다.

"왜냐고, 왜! 왜냐고 묻지 않으면 아무것도 못하나요? 이유 없이 기분 따라 할 수도 있죠. 날 요리사로 데려가쇼. 난 수프를 만들 수 있으니까."

나는 웃음이 터졌다. 나는 그의 단호한 말투가 마음에 들었다. 그리고 나는 수프를 좋아했다. 먼 바닷가에서 이 키 큰 노인과 함께하는 것도 나쁘진 않을 것 같다는 생각이 들었다. 수프를 얻어먹고 잠시 대화도 나누고. 뱃사람 신드바드처럼 여행을 많이 한 것처럼 보이기도 했다.

"무슨 생각을 하쇼?" 그는 내게 물었다. "당신은 저울을 갖고 다니오? 매사 계산하는 습관은 던져 버리고 지금 결정하시오."

나는 대답할 때마다 키가 큰 그를 보러 고개를 드는 것이 귀찮았다. 나는 단테의 작품을 덮고 말했다.

"앉아서 차 한잔 하시겠어요?"

그가 옆 의자에 짐을 내려놓고 앉았다. "이봐요, 여기 럼주 한 잔 주시오!"

그는 홀짝거리며 럼주를 마셨다. 음미하려고 입안에 머금었다가 천천히 삼켰다.

'술을 사랑하는 자로군.' 나는 속으로 생각했다.

"어떤 일을 하시죠?" 나는 물었다.

"닥치는 대로 일합니다. 발로 하는 일, 손으로 하는 일, 머리로 하는 일, 모두 다."

"최근엔 어떤 일을 하셨죠?"

"광산에서 일했어요. 이래 봬도 난 일 잘하는 광부입니다.

갱도를 파고 내려가는 것도 겁내지 않죠. 그런데 악마가 슬며시 다가왔어요. 지난 토요일 저녁, 신나는 시간을 보내고 있었죠. 그런데 우리를 사찰 나온 사장을 내가 두들겨 패 줬어요."

"왜죠? 그 사람이 무슨 짓을 했나요?"

"내게 말이오? 전혀요. 아무것도. 그전에 만난 적도 없는 사람이오. 그 불쌍한 친구는 우리에게 담배까지 나눠 줬죠."

"그런데 왜 그랬죠?"

"아! 당신은 계속 질문투성이군요. 그냥 그러고 싶었을 뿐이오. 방앗간 주인 마누라 엉덩이를 보고 철자법을 찾고 있나? 방앗간 주인 마누라 엉덩이는 인간의 이성이오."

나는 그동안 이성에 대한 수많은 정의를 읽었다. 하지만 이렇게 마음에 드는 정의는 본 적이 없었다. 마음에 들었다. 나는 나의 여행 동반자를 바라봤다. 주름투성이에 벌레 파먹은 나무 같은 얼굴, 메마른 북동풍에 찌든 얼굴이었다. 몇 년 후 만난 얼굴에서 이와 똑같은 느낌을 받았는데 파나이트 이스트라티(루마니아의 소설가)의 얼굴이 그랬다.

"짐 보따리에는 뭐가 있나요? 옷? 음식? 연장?"

동반자는 웃으며 말했다.

"오지랖이 넓으시구먼."

그는 억센 손가락으로 보따리를 만지며 말했다.

"이건 물건이 아니오. 산투리(서아시아와 북인도에서 많이 쓰이는 타현 악기)요."

"산투리? 당신은 산투리를 연주할 수 있나요?"

"찢어지게 가난해질 때면 산투리를 연주하며 돌아다니고 있소. 카페를 돌아다니며 연주하고 푼돈을 모으죠. 클레프트 산적의 옛 노래, 그중에서도 마케도니아 민요를 잘 부르죠."

"이름이 무엇인가요?"

"난 알렉시스 조르바요. 어떤 자들은 내 머리가 납작하다고 전봇대라고 부르기도 하고, 내가 한때 구운 호박씨를 팔았다고 심심풀이라 부르기도 하고, 어딜 가든 내가 가면 개판이 된다고 흰 곰팡이라고 부르기도 하죠. 다른 별명들도 많지만 다음에 이야기하죠."

"그런데 산투리는 어떻게 배우셨나요?"

"내가 스무 살 때였죠. 올림포스산 아래에서 열린 마을 축제에 갔다가 산투리 소리를 들었죠. 숨이 멎는 줄 알았어요. 나는 사흘 동안 아무것도 먹지도 마시지도 않았어요. 돌아가신 우리 아버지가 (아버지의 영혼을 지켜 주소서!) 물었소. '대체 왜 그러냐?' '저는 산투리가 배우고 싶어요.' '부끄럽지도 않느냐? 네가 집시냐?' 나한테는 결혼 자금을 위해 모아 둔 돈이 있었어요. 그 당시에는 생각도 짧고 유치했지. 결혼하려고 했었다니. 그건 미친 짓이거든. 내가 가진 돈을 죄다 털어

산투리를 샀소. 그게 바로 이것이오. 나는 이걸 가지고 살로니카로 가서 '레트셉 에펜디'라는 터키의 산투리 장인을 만났지. 그는 아무에게나 산투리를 가르쳐 주지 않았어요. 나는 그의 발에 엎드렸죠. '이봐, 그리스 양반. 원하는 게 뭐야?' 그분이 묻더군요. '저는 산투리를 배우고 싶습니다.' '그런데 왜 엎드린 건가?' '저는 수업료로 드릴 돈이 없습니다.' '자네는 산투리에 대한 열정이 있나?' '네, 그렇습니다.' '그렇다면 좋아. 돈은 받지 않겠네.' 그렇게 1년을 그분 집에서 산투리를 배웠소. 하느님께서 제발 그를 축복해 주시기를. 지금쯤 아마 죽었을 겁니다. 하느님께서 개도 천국으로 부르신다면 그도 들여보내주셨을 거요. 산투리를 배운 후 나는 다른 사람이 되어 버렸소. 가난뱅이가 되어도 산투리를 치며 위안을 얻죠. 내가 산투리를 치는 동안 내게 말을 걸어도 난 듣지 못해요. 들어도 대답할 수 없죠. 정말로 하고 싶어도 할 수 없소."

"조르바, 왜죠?"

"잘 모르시는군. 그게 상사병과 같은 거요."

그때 문이 열렸다. 카페 안에는 다시 바닷소리가 가득 찼다. 손과 발이 떨렸다. 나는 구석에서 몸을 움츠리고 외투를 덮었다. 행복감이 나를 감쌌다. 나는 어디로 가지 않아도 이 순간이 오래 지속되었으면 좋겠다고 생각했다.

나는 내 앞에 있는 이상한 사나이를 보았다. 그의 시선도 내게 있었다. 흰자위에 붉은 핏발이 서 있었다. 그 눈은 내 속을 헤집어 보는 것 같았다.

"그래서요? 다음엔 어떻게 됐나요?" 내가 물었다.

조르바는 마른 어깨를 으쓱거렸다.

"그만하면 됐소. 담배나 한 대 주쇼."

나는 그에게 담배를 하나 뽑아 주었다. 그는 조끼에서 부싯돌과 심지를 꺼내 불을 붙였다. 만족한 듯 눈을 반쯤 감은 채였다.

"결혼하셨나요?"

"나도 사람이오. 눈이 멀었었죠. 나도 지나간 사람들처럼 진창에 얼굴을 처박았죠. 결혼했단 말이지. 가장이 되고 아이도 낳고. 집도 짓고. 괴로웠지. 다 골칫덩어리였을 뿐. 그래도 내겐 산투리가 있으니 되었소."

"집에서도 산투리를 치셨나요?"

"음악을 전혀 모르는 양반이군. 무슨 소리를 하는 거요? 집에서는 가족 걱정밖에 못합니다. 뭘 먹을까, 뭘 입을까, 앞으로 자식들이 뭐가 될지. 지옥일 뿐이지. 산투리는 산투리 생각에 집중할 수 있을 때만 연주해야 해요. 알아듣겠소?"

나는 내가 오랫동안 찾았지만 찾지 못했던 사람이 조르바라는 것을 깨달았다. 살아서 뛰는 심장, 따스한 온기를 가진, 아직 어머니에게서 탯줄을 자르지 못한 길들여지지 않은 영혼이었다. 이 사람은 내게 예술, 사랑, 아름다움, 순수, 열정이 무엇인지 알려주었다.

나는 곡괭이와 산투리를 다루는 그의 손을 살펴보았다. 못이 박이고 터지고 일그러진 손이었다. 그는 조심스럽게 보따리를 풀어 반질반질한 산투리를 꺼냈다. 그러고는 사랑하는 사람을 따뜻하게 감싸 주듯이 다시 싸서 집어넣었다.

"이겁니다." 그는 다시 악기를 내려놓았다.

뱃사람들은 술잔을 부딪치며 웃고 있었다. 한 사람이 다정하게 레모니스 선장의 등을 쳤다.

"레모니스 선장, 겁 좀 먹었겠는걸. 솔직하게 말해 보쇼. 성 니콜라오스에게 촛불을 켜겠다고 맹세했다는 걸 하느님은 다 알고 계셔."

선장은 짙은 눈썹을 찡그리며 말했다.

"어이, 내가 바다에 맹세하는데 죽을 고비 앞에서 성모 마리아님도 성 니콜라오스도 떠오르지 않았네. 내 고향과 내 마누라를 생각하며 소리쳤지. '아이고, 카트리나! 난 지금 당신과 꼭 껴안고 침대에서 뒹굴고 싶어!'"

뱃사람들은 다시 폭소를 터뜨렸다. 레모니스 선장은 말했다. "이봐, 사내란 어쩔 수 없어. 천사장(천사들의 우두머리)이 칼을 빼들고 버티는데도 마음은 거기에 가 있으니. 수치심도 없는 인간들, 어디 가겠어."

그가 손뼉을 쳤다.

"어이, 여기 모두 한 잔씩 돌려!" 선장이 소리쳤다.

조르바는 큼직한 귀를 세우고 듣다가 뱃사람들 쪽으로 몸을 돌려 바라보더니 다시 나를 향했다.

"거기란 데가 대체 어디요? 지금 저 작자는 무슨 말을 하고 있는 것이오?"

하지만 그는 금방 이해하고는 탄성을 질렀다.

"아! 저 뱃사람들은 밤낮 죽음과 싸우니까 저런 비밀을 아는군."

조르바는 공중에 큰 손을 휘저으며 말했다.

"그건 그렇고, 다른 사람들 얘기는 그렇다 치고 우리 얘기를 합시다. 나랑 같이 갈까요? 결정을 내리시오."

"조르바, 좋아요. 나와 같이 갑시다." 나는 그의 손을 잡고 싶은 충동을 눌렀다.

"조르바, 크레타섬에 갈탄광을 하나 가지고 있는데 일꾼들을 관리해 주세요. 저녁에는 둘이서 모래사장에 누웁시다. 난 아내도 자식도 개도 없어요. 그러니 같이 먹고 마시고, 산투리도 연주합시다."

"산투리는 기분이 내키면 칠 거요. 난 당신이 바라는 만큼 일해 주겠소. 하지만 산투리는 별개요. 산투리는 짐승이오. 짐승은 자유가 필요해. 제임베키코(소아시아 해안 지방에 있는 제임벡족이 추는 춤), 하사피코(백정들이 추는 춤), 펜토잘리(크레타 전사들이 추는 춤) 같은 춤을 출 수도 있어요. 하지만 기분이 내킬 때 할 것이오. 이걸 나한테 강요하면 그땐 끝이오. 이런 문제만큼은 내가 짐승이 아닌 인간이라는 걸 분명히 아쇼."

"인간이라니, 무슨 뜻이죠?"

"자유에 대해 말하는 것이오."

"웨이터, 여기 럼주 한 잔 더요!" 내가 말했다.

"럼주 두 잔!" 조르바가 호령하고 덧붙였다.

"당신도 한 잔 해야지. 그래야 우리가 건배하지. 샐비어 술과 럼주로는 식구가 되기 어렵소."

우리는 술잔을 부딪쳤다. 이제 완전히 날이 밝았다. 배는 고동을 울렸다. 내 여행 가방을 실은 뱃사공이 다가와 손짓했다. 나는 조르바의 어깨에 손을 댔다.

"갑시다. 하느님의 이름으로."

"악마도 함께 갑시다." 조르바가 내 말에 조용히 덧붙였다.

그는 몸을 굽히고 산투리를 옆구리에 낀 채 앞장서 밖으로 나갔다.

2

바다, 따사로움을 담은 가을, 빛으로 씻긴 섬, 벌거벗은 그리스를 반투명 천으로 감싸는 이슬비. 죽기 전에 에게해를 여행한다는 것은 큰 행운을 가진 자들이 누리는 행복이다.

이 세상에는 여자, 과일, 생각 등 많은 즐거움들이 있다. 하지만 아름다운 가을날 각 섬의 이름을 하나하나 읊으며 바다를 항해하는 것. 그것보다 우리 마음을 천국으로 당도하게 하는 것은 없을 것이다. 다른 어느 곳도 사람의 마음을 이렇게 안락하게 현실에서 꿈의 세계로 옮겨 놓지는 못한다. 경계선들이 사라지고 낡디낡은 배 위에서 새싹이 돋고 과실이 익는다. 이곳 그리스에서는 팍팍한 일상이 기적을 만들었다.

정오가 되자 비가 그쳤다. 태양이 구름을 지나 얼굴을 따스하게 내밀었다. 빗물에 개운하게 목욕을 마치고 바다와 대지를 따뜻함으로 어루만졌다.

나는 뱃머리에 서서 지평선까지 펼쳐진 하늘과 바다가 만나는 기적을 만끽했다. 배 안에는 그리스인들이 득실득실했다. 그들의 눈은 탐욕스럽고 머리는 계산하느라 바빴다. 시시한 정치 이야기, 조율이 되지 않은 피아노, 남의 험담을 즐기는 부인들도 있었다. 할 수만 있다면 배를 들어 바닷물에 넣고 흔들어 지저분한 모든 것들, 인간은 물론 쥐와 빈대 같은 생명체들을 다 씻어서 깔끔해진 배를 파도 위에 올리고 싶은 생각이었다.

그러나 한편으로는 복잡한 마음도 들었다. 형이상학적인 사고만큼이나 차가운 불교의 연민이 나의 안에 차올랐다. 사람에 대한 연민이 아니라 발버둥치고 있는 울고 소리치고 욕망하는 그 모든 것이 허상이라는 것을 알지 못하는 세상 전체에 대해 말이다. 이것은 그리스인에 대한 것이기도 하고 갈탄광, 부처, 그리고 미처 완성하지 못한 나의 원고에 대한 연민이었다. 갑자기 대기를 오염시킬 빛과 그림자, 그리고 허무에 대한 연민이었다.

나는 조르바를 바라보았다. 그는 창백해진 얼굴로 뱃머리에 앉아 있었다. 멀미에 시달려 레몬 향내를 맡고 있으면서 귀로는 승객 두 명의 이야기를 듣고 있었다. 한 사람은 그리스 왕, 한 사람은 정치가 베니젤로스의 편을 들고 있었다.

"시시콜콜한 소리야! 창피한 줄도 모르는군." 그가 중얼거렸다.

"시시콜콜한 소리라뇨?"

"저 사람들이 하는 말을 들어보시오. 국회니 왕이니 하는 그게 그거인 소리를 말이오."

조르바는 이미 이 시대를 초월한 사람이었다. 그의 머릿속에서는 모든 것이 케케묵은 낡은 것들로 보였다. 그의 세계에서는 전보, 증기선, 철도, 도덕, 애국심, 종교는 녹슨 옛날 총이었다. 그의 정신은 세상보다 몇 발 더 앞서고 있었다.

해안선이 꾸물대고 뱃머리의 밧줄이 삐걱거렸다. 여자들은 얼굴이 새하얗게 질렸다. 가짜 눈썹, 화장, 머리핀, 빗 같은 장신구들을 모두 던져 버렸다. 토하기 직전의 여자들이 난간에 매달려 있는 모습을 보면 누구라도 역겹지만 불쌍해 보였을 것이다.

조르바의 얼굴도 노래지다 파래질 지경이었다. 빛나던 눈동자도 흐리멍덩해졌다가 저녁이 되어서야 살아났다. 그는 배를 따라오는 돌고래를 향해 소리쳤다.

"돌고래야!"

나는 그때 조르바의 손을 보고 그의 오른손 집게손가락이 반 이상 잘렸다는 것을 알았다.

"손가락은 어떻게 된 겁니까?"

"별거 아닙니다."

"기계에 다쳤나요?"

"기계 같은 소리. 내가 직접 잘랐소."

"직접이요? 왜죠?"

"당신은 모를 겁니다."

그는 어깨를 으쓱거렸다.

"내가 아까 모든 일을 해 봤다고 했잖소. 도자기 빚는 일을 했었죠. 흙덩이를 갖고 바라는 걸 만드는 기분을 아쇼? 난 그 일을 미친 듯이 좋아했었죠. 진흙덩이를 물레 위에 놓고 신나게 돌리며 생각하죠. 항아리를 만들어야지, 접시를 만들어야지, 주전자를 만들어야지, 모든 것을 만들 거야. 그렇게 생각하면 그것이 만들어집니다. 이건 무엇이었냐면 자유였소!"

그는 바다를 잊은 듯했다. 더 이상 레몬을 씹지 않았다. 눈빛도 흐릿하지 않았다.

"그래서 손가락은 어떻게 된 거죠?"

"어느 날 물레질을 하는데 손가락이 자꾸 거치적거리더군요. 내가 만들려던 걸 망쳐버리지 뭡니까. 그래서 손도끼로 그만……."

"아프지 않던가요?"

"난 목석이 아니오. 당연히 아팠지! 하지만 이게 자꾸 방해해서…… 잘라 버렸소."

해가 기울었다. 바다는 전보다 조용해졌고 구름도 걷힌 후였다. 저녁 무렵이라 서쪽의 금성이 반짝였다. 나는 바다를 보고 하늘을 보며 생각했다. 도대체 사랑을 어떻게 해야 도끼를 들고 손가락을 자를 수 있을까. 하지만 나는 티 내지 않았다.

"조르바, 좀 심하군요."

나는 웃으며 말했다. "성인들의 기록을 보면 금욕주의자가 여자를 보고 마음이 동하자 도끼로……."

"저런, 병신 같은 사람도 다 있네." 조르바가 나의 말을 가로챘다.

"그걸 잘랐다고? 그런 병신은 나가 죽어야겠군. 그건 축복이지. 방해물이 아니오."

"어째서요? 방해가 되죠." 나는 우겼다.

"뭘 방해한다는 거죠?"

"천국에 들어가는 걸요."

"하지만 이 사람아. 그게 바로 천국으로 가는 열쇠요."

조르바는 나를 비웃으며 말했다. 그는 머리를 들어 내가 내세, 여자, 성직자에 대해 어떻게 생각하는지 알아보듯 나를 뚫어지게 봤다. 그는 이내 흰머리가 성성한 머리를 흔들었다.

"병신은 천국에 못 가요." 그는 이 말을 덧붙이고 입을 다

물었다.

나는 선실로 가서 책을 펼쳤다. 최근 내 마음에 평화를 준 책이었다. 나는 『부처와 목동의 대화』라는 책을 읽기 시작했다.

목동: 식사도 준비했고 양의 젖도 짰습니다. 내 오막살이는 잘 잠가 두었고, 불도 지폈습니다. 하늘이시여, 마음대로 비를 내리소서.

부처: 나는 음식도 우유도 필요하지 않습니다. 바람이 내 집이고, 내 불 또한 꺼졌습니다. 하늘이시여, 마음대로 비를 내리소서.

목동: 나에겐 황소와 암소가 있습니다. 물려받은 목초지가 있고 암소들에게 씨를 뿌릴 종자소도 있습니다. 하늘이시여, 마음대로 비를 내리소서.

부처: 나에겐 황소와 암소가 없습니다. 나에겐 아무것도 없습니다. 나에겐 두려움도 없습니다. 하늘이시여, 마음대로 비를 내리소서.

목동: 나에겐 말을 잘 따르고 부지런한 양치기 여자가 있습니다. 그 여자는 오래 전부터 나의 아내이고 밤이면 그 여자와 즐겁게 장난치고 행복합니다. 하늘이시여, 마음대로 비를 내리소서.

부처: 나에겐 자유로운 영혼이 있습니다. 나는 오래전부터 내 영혼을 길들여 왔습니다. 하늘이시여, 마음대로 비를 내리소서.

두 목소리가 계속해서 대화했다. 잠이 들 때까지 멈추지 않았다. 거센 바람이 창을 치는 소리가 났다. 나는 비몽사몽한 정신으로 흐물흐물한 연기처럼 졸았다. 파도는 거세게 일면서 목초지와 암소, 종자소는 물에 빠져 죽었다. 사나운 바람이 지붕을 걷어 가고 여자는 오열하다 죽어 진흙 속에서 발견됐다. 양치기는 슬퍼서 통곡하기 시작했다. 울부짖고 있었고 나는 그의 말을 알아듣지 못했다. 나는 물고기가 바다 깊은 곳으로 내려가듯 더 깊게 잠 속으로 가라앉았다.

아침이 되어 눈을 뜨자, 크고 늠름한 섬이 오른쪽에 서 있었다. 불그스름한 산들이 태양을 향해 슬며시 미소를 지었다. 배 근처 남색 바다는 어깨를 들썩이고 있었다.

조르바가 갈색 담요를 뒤집어 쓴 채 크레타섬을 뚫어지게 바라보았다. 그의 눈동자는 산에서 평야로, 해안으로, 해변으로, 물속으로 집요하게 움직였다. 그는 이 땅을 다 안다는 듯이, 그래서 그 땅에 가게 된 것이 기쁘다는 듯 보고 있었다.

나는 조르바에게 다가가 어깨를 쳤다.

"조르바, 크레타에 와 본 적이 있군요. 꼭 첫사랑 보듯이 하고 있네요."

조르바는 대답 없이 하품했다. 이야기하고 싶지 않은 듯했다.

나는 괜히 웃음이 나와서 말했다.

"조르바, 대화하기 싫은가요?"

"보스 양반, 그런 건 아닌데 힘들어요."

"왜 힘든가요?"

그는 대답하지 않았다. 조르바는 다시 해변을 볼 뿐이었다. 갑판에서 잠이 들었던 그의 머리에서 이슬이 반짝였다. 햇빛은 그의 뺨, 턱, 목의 깊은 주름들 사이사이에서 빛나고 있었다.

그가 드디어 염소처럼 두꺼운 입술을 움직였다.

"아침이면 나는 입을 열기 힘들어요. 미안해요. 보스 양반."

그는 말을 마친 후 다시 말하지 않았다. 그러고는 다시 크레타섬을 뚫어지게 바라보았다.

카페에서 식사 시간을 알리는 종이 울렸다. 각각의 선실에서 푸르스름하고 누런 얼굴들이 나오기 시작했다. 머리가 헝클어진 여자들이 탁자 사이를 비틀거리며 걸어갔다. 여자들 몸에는 게워 낸 오물 냄새와 향수 냄새가 섞여 있었다. 눈동자는 풀려서 흐릿해져 있었다.

조르바는 미식가 같은 얼굴로 내 앞에 앉아 커피 향을 맡고 있었다. 그는 빵에 버터와 꿀을 발라 먹으며 얼굴이 환해졌다. 나는 천천히 졸음을 이기며 그를 바라보았다. 그의 눈은 점점 더 반짝이기 시작했다.

조르바는 담배를 하나 꺼내 맛있게 피웠다. 담배 연기가 콧수염 사이로 밀려 나왔다. 그는 오른쪽 다리를 올려 동양인처럼 자세를 잡고 앉았다. 이제 입을 열 모양이었다. "크레타섬에 와 본 적 있냐고요?" 그는 반쯤 눈을 감은 채 창을 통해 점점 멀어지는 산을 바라보며 말했다.

"그렇죠. 와 본 적이 있습니다. 1896년에 난 이미 다 큰 사람이었죠. 수염과 머리카락은 새까맸고 이빨도 다 있었죠. 술에 취하면 전채 요리는 물론 접시까지 게걸스레 먹어치우던 시절이었죠. 그런데 그때 악마가 나타난 것이오. 크레타섬에 혁명이 일어났어요. 그때 난 행상을 하고 다녔어요. 마케도니아에서 이 마을 저 마을 돌아다니며 잡화를 팔고 돈 대신 치즈나 양털, 버터, 옥수수 등을 받고 그걸 되팔아 이윤을 남겼죠. 마을엔 언제나 해가 진 후 돌아갔죠. 어디서 자야 할지 알고 있었죠. 어느 마을이건 가여운 과부가 있기 마련이에요. 그녀들에게 축복을! 나는 그녀들에게 실, 스카프, 빗 등을 주고 데리고 잤어요. 돈이 들지 않았죠. 돈이 없어도 좋은 시절을 보냈어요. 그런데 그 악마가 나타나 크레타섬을 전쟁터로 만들어 버렸죠. 크레타의 운명 따위. 난 이렇게 말했어요. 난 행상을 때려치우고 총 하나 집어들고 크레타 반란군에 합류했어요."

조르바는 이야기를 더 잇지 않았다. 우리는 모래사장이 있는 조용한 해안가를 산책 중이었다. 파도가 해안가를 왔다 갔다 하며 무늬를 만들었다. 구름은 흩어지고 태양의 빛은 쏟아졌다. 크레타는 평화로웠다.

조르바는 내 쪽으로 몸을 돌려 나에게 말했다.

"보스 양반, 내가 무슨 이야기를 하려는지 아시오? 내가 많은 터키인의 머리를 베었고, 크레타의 풍습처럼 터키인들의 귀를 술에 담갔는지 얘기할 줄 알았소? 천만에. 그 이야기는 하고 싶지 않소. 지겹고 창피하니까. 내게 해를 가하지 않은 사람을 덮쳐 물어뜯고 해를 가하고 귀를 자르고 코를 자르고 창자를 후빈 걸까요? 하느님이 그러길 원했다는 소리요? 그 분노가 어떤 것이었는지 지금 다시 생각해 봤소. 그때 나의 피는 뜨거웠소. 그래서 도무지 왜, 어째서 같은 이유를 생각해 보지 않았어요. 늙어서 이빨이 없을 때에야 정신이 들죠. 이빨이 다 있을 때 인간은 길들여지지 않은 짐승이오. 그래서 인간을 잡아먹습니다."

그는 고개를 흔들었다.

"그래요. 닭도 먹고 양도 먹고 돼지도 먹고. 사람을 먹지 않으면 성에 차지 않는다는군요."

그는 담배를 끈 후 커피 잔에 처박으며 계속 말했다.

"차지 않지. 무슨 말을 할 수 있겠소? 공부 많이 한 보스 양반의 생각은 어떻소?"

질문을 던진 그는 나의 대답을 기다리지 않았다.

"당신은 배를 주린 적도, 누굴 죽여 본 적도, 물건을 훔쳐 본 적도, 간통해 본 적도 없죠? 그러니 세상에 대해 알 수 없죠. 당신 머리는 순진한데……." 그는 은근슬쩍 나를 무시했다.

나는 내 고운 손, 창백하게 하얀 얼굴, 순진한 나의 삶이 부끄러웠다.

"괜찮소." 그는 손바닥으로 탁자를 쓸며 말했다. "괜찮소. 보스 양반에게 묻고 싶은 게 있어요. 당신은 책을 많이 읽었으니 답을 알고 있을 것 같군."

"물어보세요. 조르바."

"기적이 하나 일어났어요. 이상한 일이라 난 혼란스러워요. 우리 남자들이 온갖 나쁜 짓을 다 했는데. 도둑질, 살인 등 안 한 게 없죠. 그런데 게오르기오스 왕자가 크레타섬에 오게 된 거예요. 자유 말이오." 조르바는 이해할 수 없다는 듯 나를 바라보았다.

"알다가도 모를 일입니다." 그는 나지막하게 말했다. "수수께끼 같은 일이죠. 이곳에 자유가 오기 위해 살인을 저지르고 사기를 쳐야 한다는 사실 말입니다. 내가 사람을 죽이고 사기를 친 일을 이야기한다면 보스 양반은 소름이 돋을 겁니다. 그런데 결과가 자유라니요. 그런데 이 사람들을 불사르는 대신 자유라니. 내 대가리로는 이해가 안 돼요."

조르바는 답을 구하듯 물어봤다. 하지만 나는 대답할 수 없었다. 하느님이라고 부르는 분은 존재하지 않는다고 해야 할까? 아니면 하느님은 그것을 악행이라고 부르지 않는다고 해야 할까? 그것도 아니라면 살인과 악행은 투쟁을 위해 반드시 필요한 것이라고 해야 할까? 나는 해답을 찾기 위해 애썼다.

"꽃이 피려면 똥과 진흙이 필요하잖아요? 조르바, 인간은 똥이고 꽃은 자유라고 생각할 수도 있지 않을까요?"

"그렇다면 씨앗은?" 조르바는 주먹으로 테이블을 치며 물었다. "꽃이 싹트려면 씨앗이 있어야 합니다. 우리 내장 속에 누가 그런 씨앗을 집어넣은 건가요? 어째서 그 씨앗은 배려와 정직이 아닌 더러운 것들로만 꽃을 피우죠?"

나는 고개를 흔들며 대답했다. "잘 모르겠습니다."

"그럼 누가 알죠?"

"아무도 모를 것 같네요."

"그렇다면 증기선들, 빳빳한 와이셔츠, 온갖 기계 이런 것들은 다 무슨 소용이죠?" 조르바는 거칠게 주변을 돌아보며 말했다.

우리 주변에서는 뱃멀미에 시달리다 말싸움 소리에 흥미를 느낀 이들이 귀를 기울이고 있었다. 그들이 엿듣는 것이 성가신 듯 그는 목소리를 낮췄다.

"그만두쇼. 악마가 가져가라고 놔둡시다. 그런 걸 생각하면 내 옆에 있는 모든 걸 아작 내고 싶어집니다. 아니면 내 머리를 벽에 박고 싶어지죠. 그래봐야 나만 아플 뿐이죠. 만약 하느님이 정말 존재한다면? 그 양반은 아마 내려다보며 낄낄대고 있을 거야."

조르바는 다시 벌레를 쫓듯 손을 휘저으며 말했다.

"내가 하고 싶은 말은 왕실의 배가 도착해서 요란하게 장식한 배 위에 축포가 터지고 게오르기오스 왕자가 크레타에 발을 딛은 순간…… 섬 전체가 자유를 찾았다며 미쳐 날뛰었소. 그런 걸 본 적 있소? 없다면 당신은 눈뜬장님으로 살다 죽을 팔자로군요. 나는 1,000년을 살다가 내 몸뚱이가 재가 된 대도 그 장면을 잊지 못합니다. 자기가 원하는 대로 천국을 고를 수 있다면 난 크레타를 고를 거요. 하느님, 내 천국은 깃발이 가득한 크레타가 되게 해 주세요. 게오르기오스 왕자가 크레타에 당도한 그 순간이 영원하게 해 주세요. 다른 건 필요 없습니다."

조르바는 다시 침묵하다가 물을 마셨다.

"크레타에서 어떤 일이 있었는지 말해 봐요."

"그 긴 이야기를 하라고요?" 그는 다시 짜증이 난 것 같았다. "이보세요. 분명히 말하지만 세상은 알 수 없고 인간은 대단한 짐승이오. 대단한 짐승이면서 신이기도 하죠. 마케도니아에서 나와 함께 온 인간 중에 요르가라는 악당이 있었죠. 온갖 악행을 저지르는 놈이었죠. 그놈이 어느 날 우는 거예요. 전 왜 우느냐고 물었어요. 나도 눈물을 마구 흘리고 있었죠. 그랬더니 내 목을 안고 아기처럼 꺽꺽 우는 것이 아니겠소. 근데 이놈이 지갑을 꺼내 터키인들에게서 뺏은 금화를 주르르 쏟아 놓고 공중에 뿌리기 시작했습니다. 보스 양반, 이게 뭔지 알겠소? 이게 자유라는 거요."

나는 신선한 공기를 맡기 위해 갑판으로 올라갔다.

이게 자유라는 것이군. 나는 생각에 잠겼다. 열정을 품고 금화를 탐내다가 열정을 버리고 자기가 갖고 있던 모든 것을 날려 버리는 것. 아니면 조금 더 고차원의 열정에 따르는 것.

그것 또한 노예근성 아닐까? 이념과 민족을 위해, 하느님을 위해 자신을 희생하는 것 또한. 아니면 우리가 묶인 밧줄의 길이가 길어지는 것 아닐까? 만약 우리가 훨씬 더 넓은 곳에서 뛰어다니다가 한계를 알지 못하고 죽을 수도 있는 것. 이것을 자유라고 할 수 있을까?

우리는 오후가 돼서야 해안에 도착했다. 바닷물에 말갛게 씻긴 모래, 아직 지지 않은 유도화와 무화과꽃, 캐럽 나무(초콜릿 맛이 나는 암갈색 열매가 달리는 유럽산 나무) 꽃들, 오른쪽으로는 휴식을 취하는 여인의 모습을 닮은 회색빛의 낮은 산이 보였다. 여인의 얼굴 끝에 갈탄광의 거무튀튀한 광맥이 이어져 있었다.

축축한 바람이 불고 구름이 빠르게 흘러가며 그림자를 드리우고 있었다. 구름 뒤에 태양이 숨었다가 나타나며 대지의 표정이 변했다. 산 사람이었다가 죽은 사람의 얼굴을 하고 있었다.

나는 모래사장에서 주변을 둘러보았다. 매력적이며 죽음처럼 무서운 사막과 같은 풍경이 펼쳐져 있었다. 부처의 노래가 땅에서부터 솟아 나를 감싸 안았다.

“대체 나는 언제쯤 혼자 친구도 없이 세상만사가 한낱 꿈일 뿐이라고 생각하며 산으로 돌아가게 될까. 언제쯤 욕망을 버리고 내 육신은 단지 병과 죄악, 늙음이며 죽음뿐이라는 것을 알게 되어 자유롭게 숲으로 들어갈 수 있을까. 언제쯤, 언제쯤."

겨드랑이에 산투리를 낀 조르바가 내 곁으로 왔다.

"저기가 갈탄광입니다." 나는 감정을 감추고 쉬고 있는 여인의 얼굴 같은 낮은 산을 가리키며 말했다.

조르바는 내가 가리키는 쪽을 보지 않았다.

"아직이요. 보스 양반, 지금은 아닙니다. 땅이 멈추길 기다려야죠. 악마가 흔드는 것처럼 흔들리고 있소. 지금 바로 마을로 들어가 봅시다."

말을 끝낸 조르바는 긴 다리로 빠르게 걸어갔다.

얼굴이 새까맣게 탄 마을 소년 두 명이 맨발로 달려와 우리의 짐을 받아 줬다. 덩치가 우람한 푸른 눈의 세관 직원은 세관 막사에서 물담뱃대를 빨고 있었다. 직원은 우리를 훑어보며 짐을 살펴봤다. 그는 일어나려다가 멈추고는 귀찮은 목소리로 말했다. "어서 옵쇼."

마을 소년 하나가 다가와서 까만 눈동자를 깜빡이며 말했다.

"크레타 사람이 아니에요. 아주 게으르죠."

"크레타 사람은 안 그러니?"

"크레타 사람도 게을러요. 하지만 조금 달라요."

"마을은 얼마나 더 가야 하니?"

"여기서 총 쏘면 맞을 거리에 있어요. 저기 골짜기를 넘으면 보이죠. 좋은 마을이에요. 하느님의 은총으로 카로브 콩과 겨자씨, 올리브유, 포도주도 있어요. 오이도 가장 먼저 따고, 토마토, 가지, 수박도 익어 가죠. 밤에는 과일들이 익어 가는 소리가 들려요."

조르바는 앞서 걸어갔다. 그는 머리를 가누기 힘든지 발을 헛디뎠다.

"조르바, 거의 다 왔어요. 힘내요." 나는 그에게 소리쳤다.

우리는 서둘러 걸어갔다. 흙에는 조개껍데기가 섞여 있었다. 능수버들과 골풀 다발, 약용 현삼이 자라고 있었다. 무더운 날씨였다. 구름은 낮게 깔리고 바람은 조금씩 세지고 있었다.

우리는 커다란 무화과나무 옆을 지나갔다. 나이가 들어 가운데가 비고 여기저기 뒤틀려 있었다.

"우리는 이 나무를 아가씨 무화과나무라고 불러요."

소년이 말했다.

나는 걸음을 멈추고 생각했다. 이곳에서는 나무 한 그루에도 비극이 담겨 있구나.

"왜 아가씨 무화과나무라는 이름이 붙었니?"

"우리 할머니 때 이야기예요. 부잣집 아가씨가 양치기를 사랑했대요. 아가씨의 아버지는 당연히 반대했죠. 아가씨는 아버지에게 울고불고 사정했대요. 그래도 아버지는 눈 하나 꿈쩍하지 않았죠. 그러던 어느 날, 두 사람이 사라졌대요. 마을 사람들은 모두 두 사람을 찾아 나섰어요. 그런데 일주일이 지나도 보이지 않았대요. 그땐 여름이었는데 고약한 냄새가 나서 가 봤더니 두 사람은 꼭 안고 죽어 있었대요. 이 나무 밑에서 썩어 가는 둘을 발견한 거죠. 웩, 웩."

소년은 웃음을 터뜨렸다. 멀리 마을에서 소리가 들려왔다. 개가 짖는 소리, 여자들의 대화 소리, 꼬꼬댁 울어 대는 닭들의 소리가 들렸다. 술 달이는 솥에서 나는 포도 향기도 풍겨왔다.

"이제 마을에 다 왔어요."

두 소년이 소리를 지르며 뛰어나갔다.

모래 언덕을 지나자 작은 마을이 보이기 시작했다. 납작한 지붕을 가진 집들이 서로 달라붙어 있어 열린 창문들이 시커멓게 보였다.

나는 조르바에게 다가가 당부했다.

"조르바, 조심해야 해요. 이제 마을이니까. 우리를 무시하지 못하게요. 아주 진지하게 사업하는 사람들처럼 보여야 해요. 나는 사장이고 당신은 감독관입니다. 크레타 사람들은 만만치 않아요. 조금이라도 약점이 잡히면 바로 별명을 붙이죠.

그 별명이 한번 붙으면 계속 꼬리표가 달라붙죠. 냄비를 매단 강아지처럼."

조르바는 수염을 만지작거리며 생각에 잠겼다.

"여보쇼. 보스 양반. 여기에도 과부만 있다면 걱정할 필요가 없소. 하지만 없다면……."

마을로 들어서자 누더기를 걸친 여자 거지가 우리 쪽으로 달려왔다. 새까맣게 그을린 얼굴에 콧수염까지 나 있었다. 여자는 조용히 조르바를 불렀다.

"이봐요. 당신은 영혼이 있어요?"

"있지." 조르바는 걸음을 멈추고 진지하게 대답했다.

"그럼 5드라크마(고대 그리스의 화폐 단위)만 줘요."

조르바는 가슴팍에서 낡은 가죽 지갑을 꺼냈다.

"여기 있소." 앙다물었던 입술에 미소가 번졌다. 그는 뒤를 돌아보며 말했다.

"이 섬은 물가가 엄청 싸군. 영혼이 5드라크마밖에 안 하다니."

마을의 개들이 우리에게 달려왔다. 여자들은 위층 창문에서 우리를 내려다보았다. 동네 아이들은 우리를 쫓아왔다. 한 놈은 강아지 소리를, 한 놈은 자동차 소리를 내고 있었다. 우리 앞으로 달리며 신기한 눈초리로 우리를 보는 놈도 있었다.

나와 조르바는 마을 광장에 닿았다. 포플러 나무 두 그루가 있었고 나무를 대강 잘라 만든 식탁과 벤치가 있었다. 맞은편에는 카페가 있었다. 커다란 간판에 '절제하는 카페 겸 정육점'이라고 쓰여 있었다.

"왜 웃나요?" 조르바가 물었다.

나는 대답할 시간이 없었다. 대답하기도 전에 카페 겸 정육점에서 대여섯 명의 건장한 사내가 걸어 나왔다. 그들은 소리쳤다. "어서 옵쇼. 들어와서 술 한잔 하쇼. 금방 내린 따뜻한 라키(터키와 그리스에서 주로 마시는 식전주)가 있소."

"어때요, 보스 양반?" 조르바는 입맛을 다시며 내게 물었다.

우리는 카페 겸 정육점으로 들어갔다. 한 잔을 마시자 몸속이 뜨듯하게 데워졌다. 카페 겸 정육점의 주인은 우리 쪽으로 의자를 내어 줬다. 활달하고 행동이 빠른 노인이었다.

나는 묵을 만한 곳이 있을지 물었다.

"오르탕스 부인 집으로 가면 되오." 누군가 대신 대답했다.

"프랑스 여자입니까?" 나는 놀라며 물었다.

"악마 같은 여자죠. 안 간 곳이 없을 거요. 돌아다니다가 이곳에 눌러앉아 여관을 열었소."

"캐러멜도 팔아요." 어떤 아이가 소리쳤다.

"화장이 요란하고 입술도 빨갛죠." 다른 누군가가 말했다.

"목에 스카프를 두르고 있고, 앵무새도 같이 살아요."

"그 여자 과부요?" 조르바가 물었다.

대답해 주는 이가 없었다.

"과부 맞소?" 조르바는 다시 물었다.

카페 겸 정육점의 주인은 자신의 콧수염을 문지르며 말했다.

"이봐. 내 수염의 개수를 셀 수 있소? 맞혀 보겠소? 그 여자는 남편이 이렇게 많았을 거요. 알아듣겠소?"

"알겠소." 조르바는 입술을 할짝이며 답했다.

"그 여자는 당신을 홀아비로 만들 수도 있어. 조심하라고." 한 노인네가 소리치자 카페 안 사람들은 일제히 웃었다.

카페 주인은 보리빵, 염소젖으로 만든 치즈, 배를 얹은 쟁반을 들고 나왔다.

"자자, 다들 조용히 계시게. 이분들은 우리 집으로 모시겠네."

"콘도마놀리오, 이분들은 내가 모셔 갈게. 우리 집은 애들도 없고 집이 크거든."

"안됐네요. 아나그노스티 아저씨. 제가 먼저 말했습니다." 카페 주인은 노인에게 말했다. 노인은 말했다. "자네는 한 분만 모셔 가게. 난 노인을 모셔 가지."

"노인이라니? 누가요?" 조르바는 발끈해서 물었다.

"우리는 함께 묵어야 하니 부인의 여관으로 가겠습니다."

나는 조르바에게 진정하라는 신호를 보냈다.

"어서 오세요. 어서들 오시지요."

키가 작고 황갈색 머리를 한 살찐 여자가 안짱걸음으로 걸어 나왔다. 목에는 빨간 리본을 두르고 쭈글쭈글 주름진 뺨에는 엷은 분홍색의 분을 바른 자국이 보였다. 이마에 머리카락이 달랑거리는 것이 연극 〈레글롱〉에서 나오는 사라 베르나르 같았다.

"처음 뵙겠습니다. 뵙게 되어 영광입니다. 부인." 나는 부인을 보니 장난이 치고 싶어 그녀의 손에 키스할 준비를 하며 대답했다.

인생이 문득 동화 속으로 들어온 것 같았다. 아니면 셰익스피어의 연극 〈템페스트〉의 도입부 같았다. 우리 둘은 조난해서 물에 젖어 섬에 막 당도해 아름다운 해변을 탐사하다 마을 주민들과 인사를 나눌 참이다. 저 부인은 이 섬의 여왕, 수천년 전 모래사장에 떠밀려 와 반쯤 말라 가는 물개로 보였다. 그녀의 뒤에는 그녀를 자랑스럽게, 경멸스럽게 보는 눈초리들이 있었다.

정체를 숨긴 왕자인 조르바는 그녀를 옛 전우처럼 자랑스럽게 보고 있었다. 먼바다에서 전투하며 승리하다 결국은 패배한, 갑판이 부서지고 돛대가 부서지고 하다가 분과 크림으로 균열들을 간신히 메우고 해안으로 물러나 선장 조르바를 기다리고 있었다. 나는 이렇게 단순하게 연출된 무대 위에서 두 배우가 다정하게 만나게 된 것이 무척 기뻤다.

"침대 두 개를 주시오. 빈대가 없는 것으로 주시오. 부인." 나는 러브신을 연기하는 늙은 배우에게 정중하게 말했다.

"빈대는 없어요!" 오르탕스 부인은 도전적인 눈으로 말했다.

"있어요. 있어." 캘리번의 수많은 입이 낄낄대며 소리쳤다.

"없어요. 없어!" 오르탕스 부인은 통통한 발로 돌을 차며 소리쳤다. 그녀는 주인공답게 하늘색 스타킹에 뾰족구두를 신고 있었다.

"프리마 돈나. 진정하세요." 캘리번이 다시 웃으며 소리쳤다.

오르탕스 부인은 이미 문을 열고는 우리를 불렀다. 그녀에게서 싸구려 향수 냄새와 분 냄새가 났다.

조르바는 부인의 뒤를 쫓아가며 그를 탐욕스럽게 쳐다보았다.

조르바는 속삭였다.

"보스 양반, 저것 좀 봐요. 꼭 오리처럼 궁둥이를 씰룩거리네요."

하늘이 어두워졌고 굵직한 빗방울이 떨어졌다. 산 너머에서는 번개가 치고 있었다. 하얀 양치기용 조끼를 입은 어린 여자아이들이 목초지에서 서둘러 집으로 양을 몰고 있었다. 여자들은 부엌 앞에서 저녁밥을 짓기 위해 불을 피웠다.

조르바는 콧수염을 쥐어뜯으며 실룩거리는 오르탕스 부인의 엉덩이를 쳐다보았다. 그는 이내 한숨을 쉬며 중얼거렸다.

"젠장. 산다는 것이 무엇인지. 저 여자가 날 놔두질 않네."

3

오르탕스 부인의 여관은 아주 오래된 해변 탈의실을 개조해 만든 건물이었다. 첫 번째 건물은 사탕, 담배, 땅콩, 램프 심지, 양초, 유향 등을 파는 가게였다. 이어지는 네 개의 방에는 부엌, 세탁장, 닭장, 토끼장이 있었다. 그 주변의 고운 모래에서는 갈대와 선인장이 자라고 있었다. 여관 주변에서는 바다와 오줌 냄새가 났다. 그러다 오르탕스 부인이 나타나면 이 발소 세면대에서 나는 냄새가 진동했다.

침대가 준비되었고 우리는 단숨에 잠에 들었다. 무슨 꿈을 꿨는지 기억나지 않았고, 아침이 되자 수영을 마치고 물에서 나온 것처럼 몸이 가벼워졌다.

일요일이었다. 갈탄 광산의 광부들은 월요일부터 일해서 나는 운명이 내던진 이 해안을 돌아볼 여유가 있었다. 나는 이른 새벽에 밖으로 나갔다. 정원을 지나 바닷가에서 흙과 공기를 맛보았다. 그곳에 있는 야생 식물들을 만지다 보니 손에서 금세 소금 냄새와 샐비어, 박하 냄새가 났다.

나는 언덕 위를 올라 사위를 둘러보았다. 철광석과 검은 숲과 단단한 석회암의 풍경이 보였다. 곡괭이로도 흠집 하나 낼 수 없을 것 같은 근엄한 풍경이었다. 그런데 고운 자태의 노란 꽃이 이 엄격한 풍광에서 햇빛을 머금어 눈부시게 피어 있었다. 저 멀리의 작은 섬 하나가 아침 햇살에 붉게 반짝였다. 해안 근처로 가니 포도 덩굴이 보이고 오렌지 나무 숲, 레몬 나무와 모과나무도 보였다. 성난 파도가 일렁이는 남쪽에는 마치 아프리카에서 달려온 듯한 파도가 크레타의 해안을 갈기고 있었다.

언덕에 올라 크레타를 보니 마치 정갈한 산문처럼 보였다. 불필요한 수식을 없애고 최소한의 표현으로 많은 것을 잘 표현한 훌륭한 산문이었다. 유려한 흐름이 있고 장광설 없이 말해야 할 것을 정확하게 표현한다. 그러나 이 엄격한 글의 행간에서는 의외로 감성과 부드러움이 느껴졌다. 계곡에서는 레몬 나무와 오렌지 나무 향이 퍼져 이 땅을 향내로 물들이고 있었다. 광활한 이 바다에서는 계속해서 시가 흘러 나왔다.

"크레타. 아, 크레타여." 나는 떨리는 가슴을 부여잡고 중얼거렸다.

언덕을 내려온 나는 물가로 걸어갔다. 마침 여자아이들이 깔깔거리며 나타났다. 하얀 머릿수건을 한 소녀들은 수도원으로 미사를 보러 가는 길이었다.

걸음을 멈춘 나를 본 여자아이들은 대화를 멈췄다. 낯선 남자를 본 소녀들은 겁이 나서 굳었고, 온몸은 방어적인 자세를 취했다. 단단히 긴장한 손은 단추를 채운 블라우스를 움켜잡았다.

소녀들은 이미 공포를 내재하고 있었다. 오랜 세월 동안 크레타섬은 해적의 침략을 받아 왔다. 그들은 양 떼나 여자들, 아이들을 붙잡아 노략질했다. 붉은 허리띠로 여자들과 아이들을 묶어 배 창고에 던져 놓고 알렉산드리아, 베이루트, 알제 등으로 팔아넘겼다. 수 세기 동안 이곳 해안에는 여자들의 땋은 머리 조각이 떠다녔다. 그리고 곡소리가 그칠 날이 없었다. 나는 겁에 질린 여자아이들을 바라보았다. 소녀들은 서로 몸을 꼭 붙이고 벽을 만들었다. 지난 세월의 아픈 경험 때문에 여전히 반복하는 반응이었다.

나는 재빨리 길을 비켜 주며 웃었다. 그러자 소녀들은 수 세기 전에나 공포가 있었다는 듯 대형을 풀고 다정한 인사를 건네며 지나갔다. 그때 수녀원에서는 종소리가 들렸다. 주위를 행복하게 만드는 소리였다.

해가 높이 솟았다. 하늘은 맑았고 나는 암초 사이에 갈매기처럼 앉아 바다를 오랫동안 바라보았다. 나는 건강했고 기분이 좋았다. 내 정신은 파도처럼 아무런 저항도 없이 리듬에 따라 휴식을 취했다.

그러다가 내 가슴은 조금씩 성을 내기 시작했다. 어둠의 목소리가 들리기 시작했다. 절박한 그 목소리가 누구인지 나는 알고 있었다. 내가 혼자 있을 때면 입에 담기도 힘든 욕망에 시달리고 두려움과 격정에 울부짖었다. 내게 구원을 요청하는 목소리였다.

나는 그 목소리로부터 도망가기 위해 나의 길동무인 단테의 『신곡』을 펼쳤다. 페이지를 뒤적이며 3행 연구(聯句)의 시행을 닥치는 대로 읽었다. 통째로 시 한 편을 외워 보기도 했다. 불타는 듯한 페이지에서는 지옥에 갇힌 자들이 절규하며 오르고 있었다. 훨씬 더 높은 곳에서는 축복받은 영혼들이 에메랄드 빛 초원을 거닐었다. 그들은 반딧불처럼 반짝였다. 나는 3층으로 이루어진 이 무시무시한 집을 내 집처럼 오르내렸다. 가장 높은 곳에서 가장 낮은 곳까지 돌아다녔다. 나는 어느새 이 훌륭한 시구들에 빠져들어 고통스러워하기도 했고, 기쁨에 몸서리쳤고, 행복감을 맛보기도 했다.

나는 단테의 작품을 덮었다. 그러고는 바다를 바라보았다. 갈매기 한 마리가 바다에 배를 깔고 파도에 몸을 맡기고 있었다. 햇볕에 검게 탄 소년이 물가에서 사랑 노래를 부르고 있었다. 사랑 노래를 부르는 목소리가 쉰 것으로 보아 소녀은 자신이 부르는 노래의 의미를 이해한 것 같았다.

아주 오랜 기간 단테의 시구들은 그의 나라에서 큰 사랑을 받아 왔다. 사랑 노래를 부르며 사랑을 준비하듯이 이탈리아 사람들은 이 불타오르는 시구들을 외며 민족적 투쟁과 구원을 준비했다. 그리고 아주 천천히 이 시를 영혼으로 나눴고 노예 생활에서 자유를 향한 의지로 바꿔 나갔다.

그때 내 뒤에서 웃음소리가 들렸다. 난 그 소리 때문에 단테의 산에서 미끄러지고 말았다. 뒤에서 조르바가 웃고 있었다.

"보스 양반. 뭐 하쇼? 몇 시간을 찾았는데."

그는 꼼짝하지 않고 나를 보고 있었다.

"12시가 넘었어요. 닭이 다 익다 못해 곤죽이 되었어요. 그 불쌍한 것."

"알겠어요. 그러나 난 배가 안 고파요."

조르바는 허벅지를 치며 말했다. "배가 고프지 않다고요?" 그는 소리를 꽥 질렀다.

"하지만 아침부터 아무것도 안 먹었잖아요. 몸에도 영혼이 있소. 그놈이 불쌍하지도 않은가요? 좀 먹여 주쇼. 우리에게 몸은 나귀예요. 짐 신는 짐승인데 이런 식으로 하다간 길

바닥에 보스 양반을 팽개치고 달아날 거요."

나는 오랫동안 몸의 쾌락을 무시해 왔다. 먹는 것도 부끄럽다는 듯 아주 조금만 몰래 먹었다. 하지만 지금은 조르바의 말이 길어지지 않도록 말했다.

"좋아요. 가겠어요."

우리는 마을로 갔다. 바위 사이에서 보낸 혼자만의 시간은 섹스의 절정처럼 찰나였다. 나는 아직 내 몸에 남아 있는 피렌체의 불꽃을 느꼈다.

"갈탄광 생각을 하고 있었나요?" 조르바는 조심스럽게 물었다.

"그것 말고 생각할 게 있나요. 내일 일을 시작해야 하니 계산을 좀 해 보았죠." 나는 웃는 얼굴로 대답했다.

"그래서 계산했나요? 해 보니 어떻던가요." 조르바는 여전히 조심스러운 말투였다. 그는 나를 믿을지 말지 가늠하는 것 같았다.

"수지 타산을 맞추려면 석 달 뒤에 하루 10톤을 캐야 합니다."

조르바가 걱정이 담긴 얼굴로 나를 쳐다보았다.

"그런데 보스 양반, 뭐 하러 여기까지 와서 계산한 거요? 이해가 되지 않아서요. 나는 숫자를 생각해야 할 땐 땅을 파 구멍으로 들어가고 싶죠. 그래야 사방에 아무것도 없으니까.

고개를 들었을 때 바다, 나무, 여자가 있다면……. 하다못해 늙은 여자라도 있다면 계산은 엉망이 되죠. 그 숫자들이 몽땅 날아가 버린다고요."

"그건 당신 잘못이에요. 집중력이 없어서 그런 거잖아요." 나는 조르바를 놀리기 위해 이렇게 말했다.

"보스 양반의 말이 맞을 수도 있소. 물론 사정이 있겠지만 솔로몬 왕도 어쩌지 못하는 경우가 있답니다. 내 말을 들어 보겠소? 내가 어느 마을을 지나는데 아흔이 넘어 보이는 할아버지가 아몬드 나무를 심더라고요. 나는 '할아버지, 아몬드 나무를 심고 있나요?' 하고 물었어요. 할아버지는 '젊은이, 난 죽음이 오지 않을 것처럼 산다우.'라고 대답했죠. 그래서 난 말했어요. '난 내일 죽을 것처럼 삽니다.' 우리 둘 가운데 누가 맞는 거요?"

조르바는 승리한 듯한 표정으로 내게 말했다.

"왜 말이 없소?" 그는 장난스레 물었다.

나는 대답하지 않았다. 두 길 모두 오르막이고 험하다. 같은 정상으로 향할 수도 있다. 죽음이 없는 것처럼 사는 것, 매 순간 죽음을 생각하며 사는 것. 그것은 어쩌면 같은 행동일지도 모른다. 조르바가 물어 왔을 때 나는 그 답을 알지 못했다.

"보스 양반, 어차피 결론은 없어요. 모르는 걸로 힘들어하지 마쇼. 우리 다른 이야기를 합시다. 지금 난 닭고기와 계피를 담은 밥만 생각하고 있어요. 우선 밥을 먹읍시다. 배를 채우고 생각하자고요. 우리 앞에는 밥이 있다고요. 그러니 우리 마음이 밥이 되게 합시다. 그러다 보면 내일은 우리 앞에 갈탄광이 있겠죠. 그러면 그때 갈탄광에 마음을 쏟아 봅시다. 어중간해서는 될 일이 없소. 알겠죠?"

우리는 마을로 들어갔다. 여자들이 문간에 앉아 대화를 나누고 있었다. 노인네들은 지팡이에 몸을 기대고 묵묵히 앉아만 있었다. 몸집이 작은 주름투성이 노파는 석류나무 아래서 손자의 이를 잡아 주고 있었다.

카페 앞에는 매부리코에 근엄하게 생긴 마을의 노인 한 명이 서 있었다. 우리에게 탄광을 임대해 준 마을 원로 마브란도니 영감이었다. 그는 오르탕스 부인의 여관으로 우리를 찾아왔었다. 우리를 자기 집에 묵게 하려고 온 것이었다.

"이 마을에 오셨는데 여관에 묵게 하다니. 저희가 창피합니다."

그는 진지하게 말하는 귀족 같은 사람이었다. 우리는 그의 제안을 거절했다. 그는 속이 상했겠지만 더는 권하지 않았다.

"나는 할 도리를 했습니다. 편하신 대로 하십시오." 그는 이렇게 말하고 떠났다.

조금 뒤 그는 치즈 두 덩어리, 석류 한 바구니, 건포도와 무화과, 라키 술 한 병을 보내 주었다. 나귀에서 짐을 내린 하인이 말했다.

“마브란도니 선장님이 보내시는 선물입니다. 별것 아니지만 성의로 받아 주시라고 하셨습니다.”

우리는 마브란도니에게 지난밤의 선물에 대해 인사했다.

“건강하게 오래 사세요.” 그는 그 말을 하고는 더 말을 보태지 않았다.

“무뚝뚝한 영감 같소.” 조르바가 속삭였다.

“자존심이 센 거죠. 맘에 듭니다.” 나는 대답했다.

우리는 여관에 도착했다. 조르바는 신이 나서 콧구멍을 벌름거렸다. 오르탕스 부인은 우리에게 반갑게 인사하더니 부엌으로 들어갔다.

조르바는 마당에서 잎사귀 하나 없는 포도나무 아래에 식탁을 놓았다. 그는 장난스레 나를 쳐다보았다. 세 명의 자리를 만들어 놓은 것이었다.

“보스 양반, 알겠죠?” 그가 귓속말을 했다.

“늙은 주책바가지님, 알다마다요.”

“늙은 닭은 맛이 진국이죠.” 그는 입맛을 다셨다. 그리고 재빠르게 움직이기 시작했다. 그는 노래를 흥얼거리면서 왔다갔다 했다.

“보스 양반, 이런 게 살맛나는 인생 아니오. 즐거운 시간을 보내다 늙은 닭도 먹고. 난 금방 죽을 사람처럼 살죠. 죽기 전에 닭을 먹으려고 서두르고 있고요."

"어서 앉으세요." 오르탕스 부인이 말했다.

부인은 우리 앞에 놓을 항아리를 들고 있었다. 접시가 세 개인 것을 본 부인은 기쁨에 겨워 얼굴이 벌겋게 달아올랐다. 그녀는 눈을 깜빡이며 조르바를 보고 있었다.

"늙은 닭이 흥분했네요." 조르바는 다시 내게 귓속말을 했다.

조르바는 오르탕스에게 예의를 갖춰 정중하게 말했다.

"아름다운 바다의 요정이여. 우리는 바다의 왕국에서 난파당했어요. 바다는 우리를 당신의 땅으로 데려왔죠. 부디 당신과 함께하는 식사를 허락하소서. 나의 요정이여."

늙은 카바레 여가수는 마치 우리 둘을 다 안겠다는 듯 팔을 잔뜩 벌렸다가 오므렸다. 엉덩이를 흔들며 처음에는 조르바를 가볍게 치고 나를 쓰다듬고는 자기 방으로 뛰어갔다. 그녀는 잠시 후 허리를 흔들거리며 다시 나타났다. 그녀가 가지고 있는 옷 중에 가장 좋은 옷. 어느 한곳 닳지 않은 데가 없는 초록색의 벨벳 드레스를 입고 나왔는데, 가슴 사이에는 장미 한 송이를 꽂아 놓았다. 손에는 앵무새 새장이 있었는데, 그녀는 그것을 포도나무에 걸어 놓았다.

우리는 부인을 가운데에 앉혔다. 조르바가 그녀의 오른쪽, 나는 왼쪽에 앉았다.

우리 셋은 정신없이 음식을 먹었다. 먹느라 아무 말도 건네지 않았다. 우리는 영혼을 지고 다니는 몸의 나귀에게 포도주를 주고 사료를 먹였다. 음식은 어느새 피로 변했고, 세상은 더 아름다워졌다. 우리 옆에 앉은 여인은 자꾸만 젊어져서 얼굴의 주름살들이 사라지고 있었다. 나무에 걸린 초록색 몸에 노란 가슴 앵무새는 고개를 숙여 우리를 내려다보고 있었다. 앵무새는 마법에 걸린 마네킹, 또는 노란 가슴에 초록색 드레스를 입은 늙은 여가수의 영혼 같았다. 포도 덩굴에는 언제부터인지 포도송이가 주렁주렁 매달려 있었다.

조르바는 팔을 벌렸다가 소리쳤다.

"이게 어찌 된 일입니까." 그는 놀라서 소리를 질렀다.

"이게 무슨 일이죠. 이 조그마한 포도주를 마셨더니 세상이 미친 듯 마구 돌아가네요. 보스 양반, 인생이란 참 재미있군요. 우리 머리 위에 매달려 있는 것이 포도알 맞나요? 천사가 아닌가요? 내게 둘은 마찬가지지만. 혹시 아무것도 아닌 거 아닌가요? 보스 양반, 말 좀 해 보쇼. 내가 돌아 버릴 것 같소."

조르바는 약간 취한 듯 보였다. 닭고기를 다 먹어 치운 후 오르탕스 부인을 보며 군침을 흘리고 있었다. 그는 오르탕스 부인을 위아래로 훑어보기 시작했다. 환자를 진찰하는 의사처럼 그의 손이 오르탕스 부인의 가슴 속으로 들어갔다. 그녀

또한 눈을 반짝이기 시작했다. 포도주를 마신 부인도 취기가 오르고 있었다. 포도주가 그녀를 예전으로 데려다 놓았다. 그녀는 나긋나긋해져서 가슴을 모두 열어 놓았다. 그녀는 일어나 바깥문을 잠갔다. 자신을 '야만인'이라고 부르는 마을 사람들이 볼 수 없도록. 담배를 하나 문 그녀의 작은 코에서는 프랑스인의 코처럼 연기가 피어 나왔다.

이런 때 여자의 문은 열리게 마련이다. 파수꾼들은 쉬고 있고 친절하고 다정한 말 한마디는 섹스만큼 강력한 힘을 발휘했다. 나는 파이프를 물고 그녀에게 친절하게 말했다.

"오르탕스 부인, 당신을 보면 젊은 시절의 사라 베르나르가 생각나요. 이러한 황량한 곳에서 부인처럼 아름답고 우아한 여자를 만날 줄은 몰랐습니다. 어떤 셰익스피어가 당신을 이 땅에 데려다 놓은 것일까요."

"셰익스피어요? 어떤 셰익스피어가 그랬냐고요?"

그녀는 자신이 봤던 연극들을 하나하나 뒤지기 시작했다. 기억을 더듬고 더듬어 파리에서 베이루트, 다시 아나톨리아, 바닷가를 따라 카페 '샹탕'을 찾아 다녔다. 그러던 그녀는 알렉산드리아를 떠올린 모양이었다. 거대한 홀에 샹들리에, 비로드 천의 의자들, 깊게 파인 옷을 입고 향수를 뿌린 여인들, 막이 오르자 나타나는 험상궂은 흑인…….

"어떤 셰익스피어냐고요?" 기억이 난 부인은 당당하게 물었다.

"그 '오셀로'를 말하는 건가요?"

"네. 바로 그거요. 어떤 셰익스피어가 이렇게 아름다운 당신을 이곳에 둔 건가요."

그녀는 주위를 둘러보았다. 문은 닫혀 있었고, 앵무새는 잠들었고, 토끼는 짝짓기에 한창이었다. 우리 셋뿐이었다. 그녀는 마치 오래된 가방에서 짐을 꺼내듯 마음을 열었다. 향수와 바랜 연애편지들, 오래된 옷이 가득 찬 낡은 트렁크가 열리고 있었다.

부인은 그리스어를 잘하지는 않았다. 음절이 얽히기도 했고 '나바르호스'를 '나브라코스'라고 하기도 했고, '에파나스타시'를 '아나스타시'라고 발음하기도 했다. 그러나 그녀의 말을 이해하는 데 무리는 없었다. 포도주에 취한 탓이었다. 어느 때는 웃음이 터져 나왔고 또 어느 때는 눈물을 흘리기도 했다.

"들어 보세요."

나이 든 세이렌은 향기 가득한 정원에서 대강 이런 이야기를 했다. 그녀는 한숨을 쉬고 담배를 새로 꺼냈다.

"지금 당신들이 보는 나는 술집 여자가 아니었어요. 선망의 대상이었죠. 난 제독을 사랑했어요. 크레타는 '혁명'을 일으켰고 함대들이 모여들었어요. 며칠 뒤 나도 도착했어요. 그 장관은 대단했어요. 영국, 프랑스, 이탈리아, 러시아의 제독들……. 모두 황금으로 장식한 모자를 쓰고 있었는데, 그 모자에는 깃털이 꽂혀 있었죠. 80킬로그램이 넘게 나가는 수탉 같았어요. 난 완전 반해 버렸죠. 그 콧수염들! 곱슬곱슬하고 실크처럼 부드러웠죠. 까만색, 잿빛, 빨간색……. 냄새는 또 얼마나 좋았는지. 모두가 다른 향수를 썼어요. 난 냄새로 한밤중에도 누가 누군지 알아맞혔어요. 영국 제독은 오드콜로뉴, 프랑스 제독은 제비꽃 향수, 러시아 제독은 사향 냄새, 이탈리아 제독은 파출리 향수. 이탈리아 사람들은 모두 파출리 향수에 미치죠. 우리는 자주 다섯이서 '혁명'에 대해 이야기했죠. 나는 실크 블라우스를 입고 있었는데 몸에 착 달라붙었었죠. 제독이 블라우스에 샴페인을 쏟았으니까. 여름이었고 아주 진지하게 토론했어요. 나는 제독들의 수염을 만지며 불쌍한 크레타 사람들에게 폭격하지 말라고 사정했어요. 우리는 쌍안경으로 바위 근처에서 개미들처럼 만세를 외치는 사람들을 보았어요. 파란 바지에 노란 구두를 신고 소리를 마구 지르고 있었죠. 깃발도 있었고."

그때 갈대숲이 움직였다. 제독들과 싸우던 늙은 여인은 놀라서 말을 멈췄다. 갈대 사이로 조그만 눈동자들이 움직였다. 동네의 꼬마들이 우리가 잔치를 벌이고 있다는 것을 눈치 채고 몰래 숨어 들어온 것이었다.

늙은 여가수는 일어나려고 했지만 술을 많이 마신 탓에 움직이지 못했다. 그저 앉아서 땀을 흘리며 가만히 있었다. 조르바가 돌을 하나 집어 들자 아이들은 도망갔다.

"계속 해 주세요. 나의 요정이여."

조르바는 의자를 자신에게 가까이 끌어당기며 말했다.

"나는 이탈리아 제독에게 말했죠. 그는 나와 특히 가까웠어요. 수염을 잡고 말했어요. 카나바로, 쾅쾅은 안 돼요. 제발 하지 마세요. 나는 몇 번이나 크레타를 구했어요. 여기 사람들 아무도 모르겠지만요. 장전이 끝난 포 앞에서 제독의 수염을 잡고 못하게 했다고요. 그런데 나에게 돌아온 건 없어요. 훈장은 보지도 못했어요."

오르탕스 부인은 배은망덕한 사람들에게 화가 나 있었다. 그녀는 작은 손으로 탁자를 쳤다. 조르바는 그녀의 이야기에 감동한 듯이 그녀의 무릎을 더듬으며 말했다.

"오, 나의 부불리나. 쾅쾅 하지 마세요."

"손 치워요. 이 사람이 날 뭘로 보고 이래요." 부인은 조르바를 그윽하게 쳐다봤다.

"하느님이 계십니다. 나의 부불리나. 여기엔 우리가 있어요. 겁내지 말아요."

늙은 여가수는 고개를 들어 하늘을 올려다봤다. 그녀는 새장에서 곤히 자고 있는 앵무새를 보며 말했다.

"우리 카나바로, 나의 카나바로." 그녀는 사랑이 가득 담긴 목소리로 새를 불렀다.

앵무새는 목소리를 알아듣고 잠에서 깨어나 새장의 쇠창살을 잡고 소리를 질렀다.

"카나바로! 카나바로!"

"카나바로 여기 있습니다." 조르바는 소리쳤다. 그는 부인의 늙은 무릎을 자기 무릎인 것처럼 주물러 댔다. 늙은 여가수는 의자에서 몸을 꼬며 다시 말을 시작했다.

"나는 용감하게 싸웠어요. 가슴과 가슴을 맞댄 채……. 그런데도 그날이 와 버렸죠. 크레타가 자유를 찾자 함대엔 물러나라는 명령이 떨어졌죠. '나를 두고 떠나는 건가요? 나는 사치스러운 생활과 샴페인, 닭고기에 이미 길들여졌어요. 많은 병정에게 경례받는 이 생활이 좋아요. 그런데 한꺼번에 네 명의 제독을 잃고 과부가 되라는 건가요?' 그 사람들은 그저 웃더군요. 남자 놈들이란 그렇지 뭐. 이들은 영국 파운드, 이탈리아 리라, 러시아 루블, 프랑스 프랑화를 나에게 잔뜩 안겨주었죠. 난 그것들을 내 스타킹, 가슴, 구두에 쑤셔 넣었죠. 그리고 마지막 날 밤 통곡했어요. 소리를 지르면서요. 그러자 그들은 내가 불쌍했는지 욕조에 샴페인을 가득 붓고 날 집어넣더군요. 그리고 자기들은 욕조에서 샴페인을 퍼 마셨어요. 술에 취한 제독들은 불을 껐어요. 아침이 되자 내 몸에선 네 가지 향수 냄새가 났어요. 제비꽃 향수, 오드콜로뉴, 사향, 파출리의 향이요. 난 네 강대국인 영국, 프랑스, 러시아, 이탈리아를 내 무릎에 두고 데리고 놀았어요. 그렇죠. 놀고말고요."

오르탕스 부인은 일어서서 짧은 팔을 뻗어 어린아이를 달래는 듯한 포즈를 취하며 흔들었다.

"날이 밝자 대포가 발사됐어요. 나에게 경의를 표하기 위해 쏘았던 거예요. 맹세컨대 나를 위한 축포였어요. 열두 명이나 되는 수병이 보트를 타고 노를 저어 나를 해변에 내려주었던 거랍니다."

부인은 복받쳐 오르는지 손수건을 꺼내 울기 시작했다.

"오, 나의 부불리나!" 조르바는 완전 감화된 듯 소리를 질렀다. "눈을 감아요. 눈을 감으세요. 내가 바로 카나바로예요."

"그 손 치워요. 뻔뻔스러워라. 황금빛 견장과 삼각모, 향수 뿌린 수염은 다들 어디에 있죠? 아, 아……." 조르바의 손을 붙잡고 그녀는 다시 울기 시작했다.

해가 지니 선선해졌다. 우리는 더 이상 말을 하지 않았다. 갈대숲 너머 바다는 조용하게 한숨을 쉬고 있었다. 다시 평화가 찾아온 것이었다. 머리 위로 까마귀가 날아다녔다. 여가수의 실크 옷을 찢는 소리가 났다.

노을이 정원에 드리워졌다. 오르탕스 부인의 머리카락도 노을빛으로 빨갛게 물들었다. 저녁 바람은 사람들의 머리 위로 불꽃을 번지게 하려는 듯 불어왔다. 오르탕스 부인의 가슴과 주름진 무릎, 끈이 풀린 구두도 노을빛으로 물들어 갔다.

늙은 여가수는 몸을 떨었다. 술과 눈물로 충혈된 눈을 감고 처음에는 나를 보고, 다음에는 그녀의 가슴에 넋이 나간 조르바를 바라보았다. 그녀는 우리 둘 중 누가 카나바로인지 알아내려는 듯 유심히 쳐다보았다.

"나의 부불리나." 조르바는 그녀를 부르며 자기 무릎으로 부인의 무릎을 눌렀다. "걱정하지 말아요. 하느님은 없어요. 악마도 없고. 머리를 들고 두 손으로 턱을 받치고 노래나 불러 줘요. 죽음 따위 쫓아버리고."

조르바는 달아올라 있었다. 왼손으로는 부인을 껴안고 오른손으로는 수염을 만지작거리고 있었다. 그의 말투는 어눌해졌고, 눈은 게슴츠레해졌다. 그는 오르탕스 부인이 화장을 덕지덕지 한 할머니가 아니라 그가 입버릇처럼 말하던 '암컷'으로 보일 것이다. 이제 그녀의 얼굴이나 개성 등은 지워졌다. 젊든 늙든 아름답든 아니든 그것은 중요한 것이 아니었다. 모든 여자의 뒤편에는 엄격하고 신비스러운 아프로디테의 얼굴이 숨어 있었다.

조르바는 그것을 보았다. 조르바는 그 얼굴을 향해 이야기하며 열망했다. 오르탕스 부인은 투명한 가면일 뿐. 그는 이 투명한 가면을 영원의 입술로 키스하기 위해 찢었다.

"나의 사랑, 하얀 목을 들어요." 그가 숨 가쁜 소리로 말했다. "눈처럼 하얀 목을 들고 사랑 노래 하나 불러 주세요."

게슴츠레한 눈이 된 늙은 여가수는 빨래하다 다 터져 버린 손으로 턱을 괴었다. 그녀는 그 눈으로 조르바를 보며 노래를 시작했다. 그녀의 마음은 이미 정해져 있었다. 그녀는 자신의 애창곡을 불렀다.

흐르는 나의 인생 속에서
나는 왜 너를 만나야 했을까…….

조르바는 갑자기 일어나 산투리를 집어 왔다. 책상다리를 한 그는 악기를 무릎 위에 올려놓고 치기 시작했다.

"아아. 부불리나, 칼을 가져와 내 목을 찔러라." 그가 부르짖었다.

어둠이 깔렸다. 하늘에 별이 나올 때, 산투리의 감미로운 소리가 높아지며 조르바는 더 조급해졌다. 닭고기와 밥, 아몬드와 포도주를 배부르게 먹은 오르탕스 부인은 조르바의 어깨에 몸을 기대고는 한숨을 쉬었다.

조르바는 내게 눈짓을 보내고 작게 속삭였다.

"보스 양반, 이 여자 지금 난리 났어요. 우리 둘이 있게 나가 줘요."

4

다시 새벽이 왔다. 눈을 뜨니 조르바가 내 맞은편 침대에 책상다리를 하고 앉아 담배를 피우며 명상하고 있었다. 그는 작고 동그란 눈으로 이제 막 태양빛을 받아 푸르러진 들창을 보고 있었다. 앙상한 뼈와 길쭉한 목은 기괴하게 뻗어 었었고, 눈은 퉁퉁 부어 있었다.

나는 지난밤에 늙은 여가수와 조르바만 남겨 두고 파티장을 떠났었다.

"난 먼저 갑니다. 재미도 보고 힘내시오."

"잘 가쇼. 우리가 재밌는 밤을 보낼 수 있도록."

둘은 정말 재미있는 밤을 보낸 것 같았다. 나는 잠결에 속삭이는 소리와 옆방이 흔들리는 소리를 들었다. 나는 다시 잠에 빠졌다. 조르바는 한밤중에 들어와 내가 깰까 봐 조용히 자기 침대에 누운 것 같았다.

그런데 흐리멍덩한 눈으로 먼 곳을 응시하는 것을 보니 아직 눈이 깨어나지 않은 것 같았다. 그는 아마도 진하고 끈적한 즐거움에 빠져 아직 잠에서 빠져나오지 못한 것 같았다. 대지와 물, 생각과 사람들 모두 먼바다로 흘러들고 있었고, 조르바는 어떤 저항도 하지 않고 행복에 빠져 그 물과 함께 떠내려가고 있었다.

마을에서는 닭과 돼지, 나귀 우는 소리와 사람들의 말소리가 섞여 들려왔다. 마을도 깨어나기 시작한 것이다. 나는 침대에서 일어나 "조르바, 오늘은 일해야 해요."라고 소리치려고 했으나 나 자신도 햇살에 저항하지 못했다. 햇살이 비추는 아침에 몸을 맡기는 기분에 젖어 있었다. 모든 생명은 가벼워 보였고, 세상은 자주 모양을 바꾸는 그림처럼 부풀어 갔다.

담배를 피우는 조르바를 보면서 나도 파이프를 잡았다. 파이프를 보니 가슴이 짠했다. 그 파이프는 오래전, 초록색 눈에 손은 귀족처럼 가느다란 친구가 서유럽에서 선물로 준 것이다. 공부를 끝낸 친구는 그날 저녁 그리스로 돌아갈 예정이었다.

"궐련을 끊도록 해. 자넨 꼭 담배를 반만 피우고 던져 버리더군. 꼭 길거리 여자 대하듯. 파이프와 결혼해. 이 파이프는 조강지처 같다고 할 수 있지. 집에서 얌전히 기다리는. 파이프에서 동그란 연기가 올라오면 나를 생각하게."

그날 오후, 우리는 박물관을 나서는 길이었다. 그가 좋아하는 렘브란트의 〈황금 투구를 쓴 전사〉라는 작품에 작별 인사를 하기 위해 들른 것이었다. 청동 투구에 움푹 팬 뺨, 비극적이지만 의지가 느껴지는 전사의 초상화였다. 그 그림을 보며 나는 중얼거렸다. "내가 만약 살면서 용감한 행동을 한다면 저 그림 덕분일 거야."

우리는 박물관에서 나와 기둥에 기댔다. 맞은편에는 당당한 아마존의 청동 나신상이 있었다. 이름 모를 새 한 마리가 아마존의 머리 위에 잠시 머무르다가 조롱하듯 날아가 버렸다. 나는 친구에게 물었다.

"방금 새소리 들었나? 마치 우리에게 뭐라고 하는 것 같네."

"새니까 노래하게 놔두게. 새니까 지저귀게 놔두게." 친구는 웃으며 민요 한 가락을 되뇌면서 대답했다.

도대체 왜 이런 이른 아침에 크레타 해변에서 그 순간이 떠올라 나의 가슴이 이리도 아픈 것일까.

나는 천천히 파이프에 담배를 채워 불을 붙였다. 세상 모든 것에는 다 저마다의 의미가 있다. 사람, 동물, 나무, 별. 모든 것이 상형 문자다. 그것을 읽을 줄 알고 무슨 뜻인지 아는 사람에게 기쁨이 있을 것이다. 하지만 그것들을 보면서도 의미를 알 수 없다면, 그저 사람, 동물, 나무, 별이라고 생각할 뿐이라면 너무 늦게 그 의미들을 깨닫게 될 것이다.

"〈황금 투구를 쓴 전사〉와 기둥에 기대 있던 나의 친구, 작은 새와 그 새가 우리에게 말하듯 지저귄 소리, 그리고 친구가 되뇐 민요 한 가락. 지금 생각하니 이 모든 것에는 의미가 있을지도 모른다. 그 의미는 무엇일까."

컴컴한 공중에서는 담배 연기가 돌돌 말렸다가 풀리고 다양한 모습이 되었다가 천천히 사라져 갔다. 나는 그것을 무심코 바라보았다. 나의 영혼도 연기처럼 이 모습이 되었다가 사라졌다가 복잡해졌다. 나는 그렇게 아무런 방해도 없이 세계에 대해, 생장과 소멸에 대해 생각하다가 그 끝이 피부로 느껴지는 경험을 했다. 나는 다시 부처의 세계에 빠져들고 있었다. 담배 연기는 꼭 부처의 가르침처럼 느껴졌다. 연기처럼 사라졌다가 다시 모습을 만드는 것이 열반에 이르는 삶 같았다.

나는 가볍게 한숨을 내쉬었다. 그 한숨은 나를 현실로 데려다 주었다. 주위를 둘러보자 허름한 오두막이 보였다. 벽에 걸린 조그마한 거울이 햇살을 사방으로 비춰 주고 있었다. 조르바는 내 맞은편에서 나를 등지고 앉아 담배를 피우고 있었다.

전날 밤 일어난 갑작스러운 희비극이 떠올랐다. 향이 바래져 버린 제비꽃 향수, 오드콜로뉴, 사향, 파촐리 향기, 앵무새, 새장의 창살에서 날갯짓을 하며 울어 대는 앵무새가 된 인간, 함대가 모두 떠나자 혼자 남아 옛날의 해전 이야기를 전하는 낡은 바지선…….

내 한숨 소리에 조르바가 고개를 갸웃거리며 나를 보았다.

"아무래도 우리가 잘못한 것 같소. 보스 양반." 그는 중얼거렸다.

"우리는 못된 짓을 했어요. 못된 짓을 했다고요! 보스 양반과 나는 웃었죠. 여자는 우리를 보았어요. 당신은 방을 나갈 때 인사 한마디 없었소. 그 여자가 100살 먹은 할머니인 것처럼 눈길 한번 안 주고 떠나다니요. 그건 예의가 아니에요. 그 여자도 어쩔 수 없는 여자요. 연약하고 불평하는. 나라도 위로했기에 망정이죠."

"조르바, 무슨 말이에요? 정말 여자에 대해 그렇게밖에 생각하지 않나요?"

"그렇소. 여자는 다른 건 없어요. 내 말을 들어봐요. 난 본 것도 많고 겪은 것도 많고 해 본 것도 많아요. 여자들은 다른 생각이란 없어요. 여자들은 연약하고 불평이 많아요. 누가 사랑한다고, 당신을 원한다고 말하지 않으면 울어 버린다고요. 물론 여자가 당신을 원하지 않고 싫어할 수도 있고 당신을 거절할 수도 있죠. 하지만 그건 별개예요. 여자는, 자기를 보는 남자가 자기를 원하길 바랍니다. 그걸 원하는 걸 아니까 남자라면 여자를 기쁘게 해 줘야죠. 나에게 할머니가 계셨어요. 여든이 넘었었죠. 그때 우리 집 근처에는 꽃같이 예쁜 여자가 살았어요. 이름이 크리스탈로였죠. 토요일 저녁이면 마을의 젊은이들이 모여 술을 마셨는데 술을 마시면 괜히 그녀에게 가서 사랑의 세레나데를 불렀죠. 열정이 넘치던 때였죠. 우린 황소처럼 소리를 질렀고요. 모두가 크리스탈로를 차지하고 싶어 했죠. 토요일마다 떼로 몰려가 그녀의 선택을 기다렸죠. 그런데 보스 양반, 이 말을 하면 믿으시려나? 정말 신기한 일이었죠. 여자는 절대로 아물지 않은 흉터 하나쯤 숨기고 있어요. 다 아물어도 아물지 않는, 벌어져 있는 흉터 말이에요. 매주 주말이면 우리 할머니가 긴 의자를 창가에 붙이고 조그마한 거울을 보면서 머리카락을 빗으며 누군가 자기를 보지 않나 주위를 둘러본답니다. 누가 지나가면 성모 마리아처럼 앉아서 조는 척을 했죠. 그렇지만 잠이 오지 않았겠죠. 할머니는 세레나데를 기다리고 있던 거죠. 나이 여든에 말이죠! 보스 양반, 이제 이해가 가나요? 여자라는 게 얼마나 요물인지. 난 지금 울 것 같네요. 하지만 그땐 내가 너무 어려서 그걸 이해하지 못하고 막 웃었어요. 어느 날, 난 할머니에게 야단을 맞았어요. 여자 꽁무니만 쫓아다닌다고 혼내서 대판 싸웠죠. 할머니에게 한방 먹인 기분이었어요. '할머니는 왜 토요일 밤마다 입술에다 호두나무 잎사귀를 문지르고 빗질을 곱게 하는 거유? 혹시 누군가 할머니에게 세레나데를 불러 주길 기다려? 웃기지 마. 우리가 원하는 건 크리스탈로야. 누가 할머니 같은 분향 냄새 나는 산송장을 원하겠어.' 보스 양반, 믿을 수 있나요? 난 그때 여자가 어떤 존재인지 알게 되었소. 할머니 눈에서 눈물이 수도꼭지처럼 떨어졌어요. 할머니는 강아지처럼 잔뜩 웅크리고 턱을 떨더군요. '우리는 크리스탈로를 원해요. 크리스탈로!' 나는 잘 들으라고 더 크게 소리쳤죠. 젊음은 가끔 이렇게 잔인해요. 뭘 모르죠. 할머니는 비쩍 마른 손을 들어 하늘을 가리키며 소리쳤죠. '내 심장에서부터 널 저주한다!' 그날 이후 우리 할머니는 눈에 띄게 쇠약해졌어요. 버석버석 말라 가더니 두 달 뒤에 돌아가셨죠. 할머니가 숨이 막 넘어갈 즈음에 날 붙잡고 말했죠. '네가 날 죽인 거야.' 할머니는 식식거리면서 날 붙잡고 말했어요. '나를 죽인 건 너야. 알렉시스. 내 저주를 받아라. 내가 받은 고통을 너도 다 받아라!'"

조르바는 웃었다.

"우리 할머니의 저주가 맞았어요." 그는 콧수염을 쓰다듬으며 말을 이었다.

"이제 예순 다섯인데 난 100살이 되어도 그 저주에 묶여 있을 것 같아요. 100살에도 거울을 놓고 다니며 암컷 꽁무니를 쫓아다니겠죠."

그는 다시 웃으며 담배꽁초를 창밖으로 던지고 기지개를 켰다.

"나는 약점이 많은 사람입니다. 그런데 날 끝장내는 건 바로 이 약점 때문일 것 같소."

조르바는 침대에서 일어나 옷을 주워 입고 장화를 신고 밖으로 나갔다.

"쓸데없는 이야기를 했군요. 오늘부터 일해야 할 테니 그만합시다."

나는 고개를 숙인 채 조르바의 말을 생각해 보았다. 문득 눈 덮인 멀고 먼 도시가 떠올랐다. 그때 나는 로댕 전시회에서 〈하느님의 손〉이라는 작품을 보고 있었다. 반쯤 벌어진 청동 손 안에 황홀경에 빠진 두 남녀가 있는 작품이었다.

한 여자가 내 옆에 섰다. 그 여자 역시 같은 작품을 보며 당황스러워하고 있었다. 여자는 늘씬했고 멋지게 옷을 차려입고 숱이 풍성한 금발이었다. 각진 턱과 단호한 입술선이 어딘가 모르게 남성스러워 보이기도 했다. 평소 같으면 낯선 여자에게 말을 걸지 않지만 그날은 내가 먼저 말을 걸었다.

"어떤 생각을 하세요?"

"벗어날 수가 있을까요." 여자는 퉁명스럽게 대답했다.

"어디로 벗어나겠어요? 그래봤자 하느님 손바닥 안인데.

구원은 없어요. 서운하세요?"

"아니요. 사랑은 어쩌면 가장 강렬한 기쁨 아닐까요. 하지만 저 청동 손을 보니 벗어나고 싶어지네요."

"자유가 더 좋으신가요?"

"네. 맞아요."

"하지만 이 청동 손 안에 있을 때만 자유롭다면요? '하느님'이 대중이 부여한 그런 피상적 의미를 갖고 있지 않다면요?"

여자는 불안한 눈빛으로 나를 보았다. 여자의 눈은 금속처럼 차가웠고, 입술은 마른 채 굳게 닫혀 있었다.

"무슨 말인지 모르겠어요." 여자는 이 말을 남기고 가 버렸다.

그 이후 여자는 내 마음속에 머물렀던 것일까? 이 순간 크레타의 해안에서 나의 심연에서 창백하고 슬픈 모습으로 떠올랐다.

조르바가 맞았다. 나는 무례했다. 작품을 구실로 편안한 말을 건넸다면 어땠을까. 다감한 말이 오고 갔다면 우리는 경계를 풀고 가까워지고 포옹도 하게 되고 하느님의 품 안에서 서로의 몸을 합칠 수도 있었을 텐데……. 하지만 나는 땅에서 하늘로 급작스럽게 돌진해 버렸다. 그래서 여자는 도망쳐 버렸다.

오르탕스 부인의 늙은 수탉이 마당에서 울었다. 반짝이는 햇살이 방으로 들어왔고, 나는 침대에서 스프링처럼 일어났다.

일꾼들은 마당으로 모여들기 시작했다. 곡괭이, 지레, 괭이를 들은 채였다. 조르바가 일꾼들에게 작업을 설명하고 있었다. 그는 작업에 열중하고 있었다. 사람을 다룰 줄 아는 사람, 일에 책임을 질 줄 아는 사람이라고 생각했다.

나는 작은 채광창으로 머리를 내밀어 바깥을 보았다. 조르바가 마르고 찌들은 인부들을 향해 손을 흔들며 무언가를 지시하고 있었다. 그때 그는 입술을 삐죽이며 엉거주춤하는 젊은이의 목덜미를 잡고 말했다.

"왜, 할 말 있나? 나는 웅얼거리는 건 딱 질색이야. 제대로 일하지 않을 거면 카페로 꺼져 버려!"

그때 부스스한 머리에 퉁퉁 부은 오르탕스 부인이 나타났다. 화장기 없는 얼굴에 구겨진 블라우스 차림의 늙은 여가수는 낮은 슬리퍼를 질질 끌고 걸어오며 마른기침을 했다. 꼭 당나귀 울음소리 같았다. 기침이 멎자 그녀는 조르바를 자랑스럽게 바라보았다. 조르바를 부르는 듯이 기침을 한 번 더 했다. 그녀는 실크 블라우스를 팔랑거리며 조르바 옆을 지나갔다. 조르바에게 옷깃이 닿았지만 조르바는 눈길도 주지 않았다. 조르바는 일꾼이 들고 있던 보리빵과 올리브 한 움큼을 빼어 들고 소리쳤다.

"이제 하느님의 이름으로 성호를 긋게! 하느님의 은총이 함께하길!" 그러고는 무리의 가장 앞에 서서 산 쪽으로 향했다.

여기에 갈탄광 이야기는 쓰지 않으려고 한다. 이야기를 하려면 인내심이 필요한데, 나에게는 인내심이 없다. 우리는 대나무, 고리버들, 갈대 등으로 오두막을 지었다. 조르바는 새벽에 깨어 곡괭이로 갱도를 파고, 또 팠다. 팠던 갱도를 버리고 다른 곳을 파다 갈탄 광맥을 발견하고는 신이 나 춤췄다. 며칠 뒤 광맥이 사라지면 바닥에 드러누워 하늘을 향해 원망의 주먹질과 발길질을 했다.

조르바는 일에 열심이었다. 나에게 묻는 일도 없었다. 며칠이 지나자 결정과 책임은 나에게서 조르바의 권한으로 넘어갔다. 그는 결정을 내리고 행동했다. 나는 인부들에게 일당을 나눠 주고 이런저런 지출을 맡으면 그만이었다. 별다른 신경을 쓰지 않아 참 다행이었다. 여기서의 몇 달이 내 생애에서 행복한 시기가 될 것이라는 예감이 왔다. 계산을 따져 봐도 아주 싸게 행복을 얻은 기분을 누렸다.

나의 외할아버지는 크레타섬의 꽤 큰 마을에서 살았었다. 그는 매일 저녁 등잔불을 들고 마을을 순찰했다. 마을에 낯선

나그네가 없나 찾아보는 것이었다. 그런 사람이 있으면 집으로 데려와 맛있는 식사와 술을 대접했다. 그러고는 길고 납작한 의자에 앉아 곰방대를 피워 물고는 손님에게 말했다.

"이제 밥값을 하셔야죠. 말하시오."

"무스토요르기 영감님, 무엇을 말하라는 겁니까?"

"뭐든지. 당신이 누구인지 어디에서 왔는지 어떤 나라를 다녔는지 모두 다 말하시오."

그러고 나면 나그네는 사실도 말하고 꾸민 이야기도 말하고 있는 대로 뒤섞어서 이야기를 이어 갔다. 외할아버지는 그 이야기를 들으며 편안하게 앉아 있었다. 곰방대를 물며 나그네를 따라 여행했다. 나그네의 이야기가 흥미롭다면 이렇게 말했다.

"아무래도 할 말이 더 남은 것 같은데 내일도 묵고 가시오."

외할아버지는 마을에서 떠나 본 적이 없었다. 칸디아나 레티몬에도 가 본 적이 없었다. 왜냐고 물으면 이렇게 말했다.

"내가 왜 그 먼 곳을 가야 해? 그쪽 사람들이 이곳을 지나다가 우리 집에 머물면 되는 거지. 내가 나갈 필요가 있어?"

크레타 해안에서 이제는 내가 일하고 있다. 나 역시 등불을 들고 나간다. 외할아버지가 그랬듯이 나그네를 발견하고는 못 가게 붙들고 있다. 저녁 한 끼보다는 더 돈이 들지만 그는 그럴 만한 가치가 있다. 나는 밤마다 일을 마치고 올 조르바를 기다린다. 그가 오면 맞은편에 앉히고 저녁을 먹는다. 식사를 마치고 그가 밥값을 해야 할 때가 되면 나는 그에게 말한다.

"말해 보세요."

나는 파이프를 물고 그의 이야기를 듣는다. 이 나그네는 세상 구석구석, 인간의 영혼도 속속들이 누빈 사람이다. 나는 지루할 틈 없이 그의 이야기에 집중한다.

"조르바, 계속 말하세요."

마케도니아 전체가 내 앞에서 펼쳐진다. 그의 이야기와 함께 산과 숲, 강과 들, 게릴라가, 부지런한 여자들과 건장한 사내들이 내 앞으로 다가온다. 그는 스물한 개의 수도원과 아토스산, 무기 창고도 내 앞에 가져다주었다. 그 지방 게으름뱅이도 나타났다. 그는 고개를 흔들며 수도승 이야기를 끝내고는 크게 웃으며 나에게 말했다. "하느님, 당나귀 엉덩이와 수도승 앞에 달린 물건을 지켜 주시기를……."

매일 밤마다 조르바는 나를 그리스, 불가리아, 콘스탄티노플의 여기저기로 데리고 가 주었다. 나는 가만히 눈을 감은 채 그 장소들을 보았다. 그는 수많은 고난을 겪은 발칸 반도의 혼란을 보았다. 조르바는 늘 반짝이는 작은 눈으로 매섭게 모든 것을 본다. 우리가 무심코 넘기는 것들도 조르바에게는 수수께끼가 되었다. 가령 그는 지나가는 여성을 보고 큰일이 난 듯 물었다.

"대체 이것은 뭘까요? 여자란 무엇일까요? 왜 이렇게 내 머리를 돌게 만드는 것인지. 말 좀 해 봐요."

조르바는 남자를, 어떤 때는 꽃이 핀 나무를, 어떤 때는 냉수 한 컵을 보고도 눈을 크게 뜨며 의문을 가졌다. 그는 모든 것을 매일 처음 보는 것처럼 대했다.

언젠가 나와 조르바는 오두막 앞에 앉아 있었다. 그는 포도주를 마시다가 나에게 놀란 듯이 물었다.

"보스 양반. 이 빨간 액체는 뭔가요. 말해 봐요. 늙은 포도나무 줄기에서 새싹이 나면 시고 동그란 것들이 달려요. 그런데 시간이 지나 태양으로 이것이 익으면 달아지죠. 이게 포도가 되는 것이고요. 그걸 밟고 짓이겨 성 요한의 날에 열어 보면 포도주가 나오죠! 이건 무슨 기적일까요? 이 빨간 액체를 마시고 나면 몸이 커지고 대범해지죠. 그러다가 하느님께도 도전장을 내밀고요. 보스 양반, 대체 이게 뭘까요. 말해 주세요."

나는 대답하지 않았다. 조르바의 말을 듣고 있으면 세상이 다시 최초가 되는 기분이 느껴졌다. 지겨웠던 일상이 하느님의 손길이 닿은 듯 신선한 활기를 되찾는 것 같았다. 물, 여자, 별, 빵, 강과 바다도 태초로 돌아가고 하느님의 원초적인 힘을 되찾고는 했다.

이러한 이유로 나는 매일 저녁만 되면 조약돌 위에 누워 조르바를 기다렸다. 조르바는 태엽이 풀린 것처럼 활달하게 걸어왔다. 진흙과 석탄가루를 뒤집어 쓴 채 느슨한 몸으로 걸어왔다. 그가 고개를 들거나 숙이거나, 팔을 어떻게 흔드는지를 보고 그날의 일을 알 수 있었다.

처음 나는 조르바를 따라가 일꾼들을 감시했다. 나는 이전의 나와 다른 생을 살아 보려고 했다. 새로운 갱도를 여는 것처럼 실질적인 일에 관심을 가져 보기로 했다. 사람들을 사랑하고 배우려고 애썼다. 언어가 아닌 살아 있는 사람들과 더불어 사는 내 오랜 바람을 이루려고 했다. 갈탄광이 성공한다면 공동체를 만들고 싶었다. 모두가 나눠 갖고 함께 같은 옷을 입고 같은 음식을 먹는 낭만적인 꿈을 꿔 보기도 했다. 나는 마음속에서 새로운 삶의 누룩이 될 계획을 짜고 있었다.

아직 조르바에게 계획을 밝힐지 아닐지는 결정하지 못했다. 조르바는 내가 돌아다니며 일꾼들에게 이것저것 질문하고 참견하고 그들의 편을 드는 것을 의심스레 쳐다보았다.

조르바는 입술을 옴짝거리며 말했다.

"보스 양반, 밖으로 나가 산책하세요. 날씨가 좋은데 태양을 즐기며 좀 빠져 있으세요."

초창기에는 나도 고집을 부리며 나가지 않았다. 인부들에게 질문하며 모든 인부들의 이야기를 들었다. 벌어 먹여야 할 식구가 몇인지, 부양해야 할 가족이 있는지, 결혼시켜야 하는 형제자매, 연로한 부모님 문제까지 그들의 신상을 알아냈다.

"보스 양반, 인부들 신상 좀 캐지 말아요. 그러다 그들을 동정하게 될 겁니다. 그러면 무슨 짓을 해도 당신은 그들을 용서하게 될 거요. 그러면 우리 사업은 망해요. 인부들이 일을 제멋대로 하겠죠. 인부들 신세는 딱해도 사장을 두려워해야 일도 열심히 하는 거요. 알겠소?"

어느 날 저녁, 일을 마치고 온 조르바는 크게 화내며 곡괭이를 집어 던졌다.

"보스 양반, 제발 일에 끼어들지 마쇼. 내가 일하면 당신이 다 망쳐 놓죠. 오늘 인부들에게 무슨 말을 늘어놓았소? 사회주의? 개떡 같은 소리. 당신은 자선 사업가요, 사업가요? 결정하쇼."

결정하라니. 나는 이 양자를 결합한다는 희망, 조화를 찾아 지상의 삶을 하늘의 왕국과 연결시킨다는 순진한 욕망에 사로잡혀 있었다. 이런 생각은 아주 어릴 때부터 가지고 있었다. 학창 시절, 나는 가까운 친구들과 그리스 비밀 조직의 이름을 딴 '필리키 에테리아'라는 조직을 만들었다. 내 침실에 모여 문을 걸어 잠근 후 세상의 불의와 싸우겠다고 맹세했다. 선서하며 눈물까지 함께 흘렸던 것이다.

세상이 비웃을 유치한 이상들이었다. '필리키 에테리아' 회원들이 돌팔이 의사, 삼류 변호사, 저질 식료품 업자, 표리부동한 정치가, 표절하는 언론인이 된 것을 알았을 때 나는 가슴이 찢어지는 것 같았다. 세상은 냉혹하고 거칠다. 그래서 소중한 씨앗이 싹을 틔우지 못하거나 샐비어와 쐐기풀에 질식하는 것 같다. 나는? 나는 질식당하지 않았다. 여전히 돈키호테와 떠날 준비가 되어 있다. 하느님을 찬양하라!

우리는 일요일이 되면 결혼을 준비하는 신랑처럼 면도를 하고 깨끗한 옷을 찾아 입었다. 그렇게 단장하고 오르탕스 부인에게 갔다. 오르탕스는 일요일마다 우리에게 주기 위해 닭을 잡았다. 셋은 함께 앉아서 먹고 마셨다. 조르바는 큰 손으로 이미 오르탕스 부인의 몸을 더듬고 있었다. 어둠이 내리면 우리는 숙소로 돌아왔다. 해변으로 돌아오면 인생이 우리에게 친절한 것 같았고, 오르탕스 부인처럼 유쾌하고 너그러워 보였다.

그러던 어느 일요일, 실컷 먹고 마시고 해변으로 돌아오며 나는 조르바에게 계획을 털어놓기로 했다. 내 비밀 계획을 듣자마자 조르바는 놀라 말을 잇지 못했지만, 끝까지 내 말을 들어주었다. 나의 말이 그의 술을 깨게 했던 것 같았다. 내 이야기를 마치자 그는 신경질을 내며 수염 두세 가닥을 뽑았다.

"보스 양반, 내 말을 섭섭하게 듣지 마시오. 내 보기에 당신 머리는 안 익은 것 같아요. 몇 살이오?"

"서른다섯이에요."

"그럼 영글긴 글렀네요."

이렇게 말하며 그는 웃음을 터뜨렸다. 나는 살짝 화가 났다.

"조르바, 당신은 인간을 믿지 않나요?"

"보스 양반, 화내지 마쇼. 나는 아무것도 믿지 않아요. 내가 인간을 믿는다면 하느님도 믿고 악마도 믿겠죠. 그러면 모든 것이 뒤죽박죽 귀찮아지죠. 골치가 아파진다고요."

그는 그렇게 말하다가 모자를 벗고 머리를 긁적이며 콧수염을 세게 당겼다. 할 말이 있지만 참고 있는 것처럼 보였다. 한쪽 눈을 흘기며 나를 보던 조르바는 결심한 듯 내게 말했다.

"인간은 짐승이에요." 그는 이렇게 소리치며 지팡이로 자갈을 세게 내리쳤다. "아주 사나운 짐승이죠. 당신은 잘 모를 거예요. 너무 쉽게 가졌죠. 나에게 묻는다면? 인간은 짐승이에요. 당신이 사납게 대하면 당신을 존경하고 무서워하지만 친절하게 대하면 당신은 잡아먹힙니다. 그러니 거리를 두셔야 합니다. 보스 양반. 사람들 기를 살려 주고 간을 키우지 말아요. 우린 똑같다, 같은 권리를 가지고 있다, 이러지 마쇼. 그러면 그들은 당신의 권리를 빼앗고 당신을 굶어 죽게 할 겁니다. 보스를 위해 하는 말이오."

"정말로 믿는 게 없어요?" 나는 화가 나서 물었다.

"그래요. 없소. 몇 번을 말해야 하나요? 난 이 조르바를 빼곤 아무것도 믿지 않아요. 조르바가 제일 잘나서가 아니죠. 하지만 내가 믿는 이유는 유일하게 내가 마음대로 할 수 있는 짐승이기 때문이오. 그 외의 존재들은 죄다 유령이오. 나는 조르바의 눈으로 세상을 보고, 듣고, 이 내장으로 소화하죠. 나머지는 헛것일 뿐. 내가 죽으면 모든 게 사라지죠. 조르바의 세계 전체가 사라지죠."

"참 자기중심적이군요." 나는 빈정거렸다.

"그럼 어쩌겠소. 그게 세상의 이치인 것을. 보이는 대로 말합니다. 난 조르바니까 조르바처럼 말할 뿐입니다."

나는 아무런 말도 하지 않았다. 조르바의 말들이 채찍처럼 내 몸을 아프게 했다. 나는 사람들을 지겨워하면서도 강인하게 그들과 싸우고 열정을 붓고 섞여서 살아가는 그가 존경스러웠다. 나는 수도승이 되거나 사람들과 살기 위해 가짜 날개로 꾸미는 것밖에는 할 줄 몰랐다.

조르바는 고개를 돌려 나를 보았다. 별빛 아래 그의 입이 웃고 있는 것이 보였다.

"내 말이 거슬렸나요?" 걸음을 멈춘 그가 내게 물었다.

우리는 어느새 오두막 앞에 도착해 있었다.

나는 그의 질문에 대답하지 않았다. 내 머리는 그의 의견에 동조했지만 내 가슴은 반대하고 있었다. 내 가슴은 짐승으로부터 벗어나 새로운 길을 찾기를 바라고 있었다.

"오늘 밤은 잠이 오지 않네요. 조르바, 먼저 들어가서 주무세요."

별들은 작게 빛나고 있었고, 바닷물은 조용히 한숨을 내쉬며 자갈을 더듬고 있었다. 반딧불이 한 마리가 관능적인 빛을 내며 짝을 찾고 있었다. 밤이슬로 머리카락은 젖어 있었다.

나는 조용한 바닷가에 누워 아무런 생각도 하지 않았다. 나와 밤, 바다가 하나가 되었다. 내 영혼은 관능적인 빛을 뿜는 반딧불이로 변해 축축하고 어두운 땅에 앉아 기다리고 있었다. 별들이 자리를 옮겨 가고 몇 시간이 흘렀을까. 나는 자리에서 일어나며 두 가지 의무를 이뤄야겠다고 다짐했다. 첫째, 부처에게서 벗어나 형이상학적인 언어를 버리고 자유로워진다. 둘째, 이 순간부터 정신을 차리고 사람들과 진정으로 관계를 맺는다.

아마 나는 나에게 이렇게 말했던 것 같다. 아직 시간이 남았다고.

5

"마을 유지 아나그노스티 영감님께서 오늘 약주를 함께 들자고 청하셨습니다. 오늘 돼지를 거세하러 사람이 옵니다. 아나그노스티 부인께서 돼지 거시기들을 요리해 대접할 것입니다. 두 분의 손자인 미나스의 이름을 지은 것을 축하하는 날이니 부디 오셔서 아이에게 장수를 빌어 주시면 감사하겠습니다."

크레타의 전통 가옥에 방문하는 것은 참 즐거운 일이다. 석유램프와 벽난로가 있고, 토기 항아리에는 올리브유를 담아 놓았다. 입구에는 신선한 물이 담긴 주전자가 있었다. 구석구석에 전통이 배어 있었다. 대들보에는 무화과, 말린 복숭아 다발과 샐비어, 박하, 로즈마리와 같은 향신료와 차로 쓰이는 향초 두름이 있었다. 방 안쪽에는 서너 계단을 오르는 단이 있었다. 단 위에는 소파와 침대가 놓여 있고, 벽에는 성화와 기름등잔이 있는 성화대가 있었다. 집은 텅 비어 보여도 있을 것은 모두 갖추고 있었다. 사람은 이처럼 몇 가지 안 되는 물건만으로도 충분히 살 수 있었다.

가을 햇볕이 부드럽고 달콤하게 내리쬐는 날이었다. 우리는 울타리를 친 텃밭에 있는 올리브 나무 아래에 자리를 잡았다. 올리브 나무의 잎사귀 사이로 고요한 바다가 빛나고 있었다. 머리 위 구름은 지나가며 해를 감췄다 드러내기를 계속했다. 그럴 때마다 대지는 세상의 기쁜 숨과 슬픈 숨을 번갈아 쉬는 것 같았다.

마당 끝에 있는 좁은 돼지우리 안에서는 불알이 거세된 돼지가 고통스러운 비명을 질러 댔다. 집 안 벽난로 위에서는 돼지 불알에서 풍기는 냄새가 바깥까지 흘러나왔다.

우리는 농사에 대해 대화를 나눴다. 씨를 뿌리는 것, 포도밭과 농작물에 관한 주제였다. 영감은 귀가 어두워져서 우리는 소리를 지르며 말해야 했다. 영감은 자신의 귀가 자랑스럽다고 했다. 그는 바람 한 점 없는 계곡에서 자란 나무처럼 평화로워 보였다. 영감과의 대화는 유쾌하고 흥미로웠다. 태어나 성장하고 결혼하고 아이들을 낳고 손주도 얻었다. 그들 가운데 몇 명은 죽었지만, 나머지는 살아남아 가문을 이어 가고 있었다.

영감은 오스만 튀르크가 지배하던 시대에 겪었던 일들과 아버지에게 전해들은 이야기를 떠올리며 하느님을 두려워했기에 일어났던 기적들을 기억했다.

"잘들 보시오. 당신들이 보는 나, 아나그노스티는 기적적으로 태어났소. 맞아요. 내가 태어난 건 기적이었죠. 내가 이야기하면 당신들은 깜짝 놀라 '주여. 나를 축복해 주소서!'라고 소리를 치고 수도원으로 가 성모 마리아께 촛불을 켜게 될 거요."

영감은 성호를 긋더니 나긋한 목소리로 조용히 이야기를 이어 나갔다.

"그 시절 우리 마을에는 돈 많은 터키 여자가 살고 있었소. 그 여자 뼈다귀가 지옥에서 불타기를! 그 저주받은 여자가 임신해 애가 나올 때가 다가왔죠. 출산을 앞두고 산파가 가져온 출산 의자에 앉혔지만 사흘 밤낮을 암소처럼 소리만 질렀지. 그 여자의 친구 한 명이 그 여자에게 말했죠. 그 여자의 뼈다귀도 불타기를! 그 여자는 이렇게 충고했어. '차퍼 하눔, 메리엠에게 도와 달라고 해 봐.' 터키 놈들은 성모 마리아를 메리엠이라고 불렀지. 우리 성모님의 은혜는 위대하죠. '그 여자를 부르라고? 차라리 죽고 말지.' 그렇게 말했다네. 진통은 더 심해지고 여자는 신음에 몸서리쳤지만 아기는 나오려 하지 않았죠. 그러니 어쩌겠어. '메리엠! 메리엠!' 하고 소리를 지르고 또 질렀지만 아이는 여전히 나오지 않았지. 그때 친구가 말했어. '터키 말을 모르시나 봐. 그리스 말로 그녀 이름을 불러 봐.' 하고요. 그래서 그 여자는 소리 질렀지. '루미스의 처녀여! 루미스의 처녀여!' 하지만 소용없었지. 고통은 점점 심해져 갔죠. '제대로 불러 봐. 차퍼 하눔.' 그녀의 친구가 말했죠. 그때 반기독교 암캐가 위험을 깨닫고 소리쳤어. '성모님!' 바로 그 순간 아기가 뱀장어처럼 쑥 빠져나왔죠. 그게 어느 일요일이었어요. 이게 얼마나 희한한 우연이었는지 들어보면 알 거예요. 그다음 일요일엔 우리 어머니가 진통할 차례였지. 어머니는 배가 몹시 아파 신음하며 울었죠. '나의 성모 마리아님이시여. 나의 성모 마리아님이시여!' 하지만 고통은 줄지 않았지. 아버지는 마당 한가운데서 먹지도 마시지도 못하고 주저앉아 있었지. 아버지는 성모님을 굳게 믿었지. 차퍼라는 암캐도 성모님을 부르니 단번에 아이를 빼 주었으니까. 그런데 나흘째 되던 날 아버지는 더 참을 수가 없었죠. 지팡이를 들고 성모 마리아 수도원으로 달려갔어. 성모님께서 우리를 구하소서. 아버지는 성호도 긋지 않고 성당 안으로 들어가 성화 앞에서 그녀를 향해 외쳤지. '이보시오, 성모님. 내 마누라 크리니오가 토요일마다 기름을 가지고 와 등잔을 밝힌 거 알고 계시죠? 우리 마누라가 지금 사흘 밤낮을 고통하며 당신을 부르는데 안 들리나요? 귀가 멀었나요? 수치스러운 터키 암캐가 부를 땐 바로 달려와 해결해 주더니. 어째서 우리 마누라를 외면하나요. 여보쇼. 당신이 하느님의 어머니만 아니라면 내가 이 지팡이로 내리쳤을 거요.' 이렇게 말하고 절도 하지 않고 뒤돌아 나오는데 하느님 아버지 위대하십니다! 정말 그 순간 '쩍' 하는 큰 소리가 났죠. 기적이 일어날 땐 큰 소리가 나는 법이지. 아버지는 아차 싶어서 참회했죠. '제가 죽을죄를 지었습니다.' 아버지는 울부짖었지. '제가 한 말이 모두 사라지게 하소서.' 아버지가 마을에 들어서자 친구들이 기쁜 소식을 전했대. '축하하네. 코스탄디! 마누라가 아이를, 그것도 아들을 낳았네!' 그 아들이 지금 당신들이 보고 있는 사람, 나 아나그노스티지. 알다시피 난 '자랑스러운 귀'를 갖고 태어났지. 성모 마리아께 신성 모독을 한 죄죠. '오냐, 네가 그랬다고? 그럼 네 자식을 귀머거리로 만들어 주지. 다신 신성 모독을 못하도록.'"

아나그노스티 영감은 성호를 그었다.

"하지만 다행이지. 나를 장님이나 꼽추, 여자로 만드셨을 수도 있었지. 성모 마리아님 은총에 감사드립니다."

그는 말을 마치고 잔을 채워 주었다.

"성모님, 우리에게 은총을 내려 주소서!" 그는 포도주 잔을 높이 들며 말했다.

"아나그노스티 영감님, 건강하세요. 백수를 누리셔서 증손자를 보시기 바랍니다."

아나그노스티 영감은 술잔을 비우고 수염을 닦았다.

"아니요. 이 정도면 되었어요. 난 충분해요. 손자도 얻었고. 너무 욕심을 부려선 안 돼. 나는 늙었고 이제 기력도 없어. 이제 씨도 뿌리지 못하는데 무슨 낙으로 살겠소?"

그는 다시 잔을 채우고는 허리춤에서 호두와 마른 무화과를 꺼내서 건넸다.

"나는 자식들에게 있는 것 없는 것 모두를 나눠 줬소. 가난해졌죠. 하지만 상관없어. 하느님이 부자신데!"

"하느님이 가지고 계시죠. 아나그노스티 영감님. 하느님은 부자시죠. 그런데 우리에겐 아무것도 없네요. 그 구두쇠 영감이 우리에게 아무것도 안 주네요."

그러자 영감은 얼굴을 찡그리며 소리쳤다.

"어허, 이봐. 하느님을 책망하지 마시오. 하느님을 놀리면 못 써."

대화가 무르익는 동안 아나그노스티 부인은 조용히 다가와 돼지 불알을 얹은 접시와 포도주가 담긴 항아리를 식탁 위에 놓고 서서 성호를 그었다.

나는 그 요리를 먹는 것이 찝찝했지만 그렇다고 거절하기에는 민망했다. 조르바는 곁눈질로 나를 보고는 웃었다.

"보스 양반, 이게 세상에서 제일 맛있는 고기요. 내가 보장하지."

영감은 크게 웃으며 말했다.

"저 사람 말이 맞아요. 정말 맛있지. 기막힌 맛이야. 게오르기오스 왕자가 여기 수도원에 들렀을 때 수도승들이 잔치에 온 다른 사람들에겐 고기를 대접하고 왕자께는 깊은 접시에 수프를 내줬죠. 왕자가 수프를 저으며 '콩 수프인가요?' 하고 물었지. 그러자 늙은 수도원장이 권했어요. '드시고 말씀드리겠나이다.' 왕자는 한 번 떠먹더니 두 번, 세 번 그렇게 접시를 비우고 입술을 핥으며 물었죠. '이렇게 놀라운 음식이 대체 무엇인가요? 정말 맛있는 콩 같아요.' 그제야 수도원장이 웃으며 말했지. '콩이 아닙니다. 오늘 이 지역의 모든 수탉을 거세했답니다.'"

영감은 웃으며 포크로 돼지 불알 하나를 찍어 내게 건넸다.

"왕자가 먹는 음식이오. 어서 입을 벌려 보게."

내가 입을 벌리자 영감은 그것을 집어넣었다. 그러고는 잔을 채웠다. 우리는 영감의 손자를 위해 건배했고 영감의 두 눈이 빛났다.

"아나그노스티 영감님, 손자가 커서 어떤 사람이 되길 바라나요?" 내가 물었다. "말해 주시면 저희가 축복을 빌게요."

"내가 바라는 거? 올바른 길을 걷기 원합니다. 착한 사람으로 자라 결혼하고 때가 되면 자손을 보고. 애들 중 하나는 나를 닮았으면. 그 아이를 보고 마을 사람들이 '아나그노스티 영감을 빼닮았구먼.' 하고 말했으면 좋겠어요. 할아버지는 좋은 사람이었다고 말해 줬으면 좋겠어요."

"마룰리아." 영감은 고개도 돌리지 않고 아내에게 주전자에 포도주를 더 채워 달라고 말했다.

그때 조그만 돼지우리에서 돼지 한 마리가 고통을 이기지 못해 꽥꽥거리며 밖으로 뛰쳐나왔다. 그 돼지는 자신의 불알을 먹고 있는 우리 셋 앞에서 날뛰었다.

"고통스러운가 봅니다. 불쌍한 것." 조르바가 안쓰러워하며 말했다.

"그럼. 당연히 아프겠죠." 영감은 웃으며 말했다.

"당신에게 똑같은 짓을 하면 아프지 않겠소?"

조르바는 언짢은지 고개를 돌리며 중얼거렸다.

"혀를 잘라 버릴까. 망할 영감."

돼지는 여전히 우리 앞에서 날뛰다가 성이 난 채 우리 쪽을 쳐다보았다.

"녀석은 우리가 무얼 먹는지 알고 있는 모양이야." 영감은 포도주를 조금 마시고 취기가 올라 말했다.

우리 둘은 식인종처럼 평화롭고 즐겁게 맛있는 안주와 포도주를 즐겼다. 은빛 올리브 나무 사이로 붉게 물든 바다가 보였다.

해가 졌고, 우리는 영감의 집을 나왔다. 조르바 역시 술기운에 말이 많아졌다. 그가 말했다.

"보스 양반, 그때 우리가 하던 이야기 기억나나요? 민중을 계몽해서 눈 뜨게 해 주고 싶다고요. 좋아요. 가서 영감의 눈을 뜨게 해 줘 봐요. 그 집 마누라가 내내 옆에서 움츠린 채 명령을 기다리는 것 보셨죠? 가서 영감에게 여자도 남자와 똑같은 권리를 가졌고 돼지가 살아서 신음을 내는데 돼지의 그것을 먹는 건 잔인한 행동이라고 말해 보시오. 그리고 자신은 굶어 가며 하느님은 모든 걸 가졌다고 감사하는 건 웃기는 일이라고 해 보시오. 그 영감이 당신의 설교를 듣고 무슨 생각을 하겠소? 그저 복잡해질 뿐. 그 부인은 뭘 얻을 것 같소? 언쟁이 벌어지고 그 부부는 주도권 때문에 매일을 싸우게 될 거요. 보스 양반, 사람들을 들쑤시지 마쇼. 그냥 조용히 살게 내버려 둬요. 그들이 눈을 뜨고 보게 될 건 자신들의 불행뿐이에요. 사람들이 눈 감고 꿈이나 꾸게 내버려 둬요."

그는 잠시 말을 멈추고 머리를 긁적이며 생각에 잠겼다.

"만약에……. 아주 만약……."

"뭐요? 들어나 봅시다."

"만약 그들이 눈을 떴을 때 당신이 더 좋은 세상을 보여 줄 수 있을까요? 그럴 자신 있소?"

나는 그것을 알 수 없었다. 나는 무언가가 무너지고 그 위에 무언가를 다시 세워야 할지 알지 못했다. '누구도 알 수 없을 거야.'라고 나는 생각했다. 과거는 구체적이고 선명하다. 우리는 과거를 경험했고 매 순간을 과거와 싸우고 있다. 미래는 오지 않았기에 구체적이지 않았다. 모호하고 손에서 빠져나갔다. 마치 꿈과 비슷하게 만들어진다. 제 모습을 자꾸 바꾸는 구름처럼 말이다. 위대한 예언자도 사람들에게 계시를 줄 뿐이다. 미래가 불투명할수록 그 예언은 더 간절해진다.

나를 보고 웃던 조르바 때문에 은근히 화가 났다.

"당연히 보여 줄 수 있죠."

"그래요? 그럼 들어 볼게요."

"지금 말할 수는 없어요. 말해도 이해하지 못할 겁니다."

"그렇다면 보여 줄 수 없는 거군요."

조르바는 고개를 저으며 대답했다. "나를 바보 취급하지 마쇼. 누군가가 보스 양반을 속인 것 같소. 나 역시 아나그노스티 영감과 마찬가지로 배움이 짧지만 그런 바보는 아니오. 천만의 말씀. 내가 이해 못하는 걸 그 영감과 그 순한 마누라가 이해하겠소? 이 세상의 그런 부부들은 어떻고? 그들이 새로운 세상을 기대할 것 같소? 그들이 그냥 살던 대로 살게 놔두십쇼. 그 사람들은 지금까지 그럭저럭 잘 살아왔소. 그럭저럭일 뿐 아니라 자식에 손자도 보고. 하느님이 자기 눈과 귀를 멀게 해도 '하느님께 영광이 있을지어다!' 하고 사는 사람들이오. 그러니 그냥 그들을 내버려 둬요."

나는 대답하지 못했다. 우리는 과부의 과수원 마당을 지나갔다. 조르바는 걸음을 멈추고 한숨을 쉬었다. 비가 내린 것 같았다. 공기에서 상쾌한 흙냄새가 묻어났다. 이제 막 나온 별들이 보였고 초승달은 푸르스름한 빛을 뿜고 있었다.

'이자는 학교를 안 가서 정신이 온전하구나. 많은 것을 보고 듣고 행동하며 지성이 생겼고 가슴엔 담력이 생겼구나. 이 사람은 고향 선배인 알렉산드로스 대왕처럼 다른 사람들이 풀지 못하는 복잡한 문제를 단번에 해결하는구나. 조르바는 머리끝부터 발끝까지 온몸을 대지에 뿌리박고 있으니 쓰러지는 일이 절대로 없을 것이다. 아프리카 원주민들은 뱀을 숭배한다. 그 이유는 뱀이 온몸을 땅에 붙이고 기어다녀서 대지의 비밀을 배, 꼬리, 고환, 대가리로 다 안다고 믿기 때문이지. 조르바도 그렇다. 우리 같은 먹물쟁이들은 공중을 나는 새처럼 골이 텅텅 비어 있을 뿐이야.'

하늘에 뜬 별들은 더 많아졌다. 별들은 인간에게 사납고 거칠고 때로는 무자비하다.

우리 둘은 더 이상 대화하지 않았다. 하늘을 보며 활활 타오를 것만 같은 별들 때문에 두려움에 사로잡혔다.

우리는 마침내 오두막에 도착했다. 나는 입맛이 없어 바닷가 바위 위에 앉았다. 조르바는 불을 피워 음식을 해 먹고 나를 찾아 나왔다가 마음이 변했는지 매트리스에 누워 잠을 청했다.

바다는 얼은 것처럼 미동도 없었다. 타오르는 별빛 아래 대지도 조용해졌다. 짖는 개도 없었고 새의 울음소리도 들리지 않았다. 적막만 있을 뿐이었다. 우리 내면 깊숙한 곳에서 솟아 나오는 위험한 침묵이었다. 내 귀에는 관자놀이와 대동맥에서 뛰는 맥박 소리만 들렸다.

'호랑이의 노래다.' 나는 이 생각이 들자 깜짝 놀랐다.

인도에서는 어둠이 내리면 아주 단조롭고 느린 슬픈 노래를 흥얼거리는데 이 노래는 야수의 하품 소리와도 같았다. 조용하고 야성적인 멜로디인 호랑이의 노래를 부른다. 이런 노래를 생각하자 두려움이 가득 찼다.

귀가 열리며 침묵은 비명으로 바뀌었다. 이런 노래로 이루어진 내 영혼도 긴장하고 몸속에 있는 것이 불안해 몸 밖으로 뛰쳐나갔다.

나는 몸을 굽혀 바닷물을 두 손으로 퍼서 이마와 관자놀이에 뿌렸다. 내 안에서 호랑이 한 마리가 포효하고 있었다. 마침내 '부처님! 부처님!' 하는 소리가 또렷하게 들려왔다.

나는 박차고 일어나 해변을 걸었다. 근래 완전히 고요에 빠진 밤에 혼자 있으면 그 목소리가 들리곤 했다. 그 목소리는 구슬픈 애원 같다가 조금씩 거칠어져서 분노가 되고 나를 꾸짖고 명령하고 호통을 쳤다. 세상으로 나올 때가 된 태아처럼 나는 겁이 났다.

자정쯤 된 것 같았다. 검은 구름들이 몰려왔고, 굵은 빗방울이 손에 떨어졌다. 하지만 내 정신은 다른 곳에 가 있었다. 내 주변은 벌겋게 달아올라 양쪽 관자놀이에 불이 난 것 같았다. '때가 왔다.' 나는 이런 생각이 들며 깨달았다. '부처의 수레가 나를 싣고 가는 것이다. 이제 난 내면의 신성한 짐을 벗을 때가 되었구나.'

나는 서둘러 집으로 돌아가 불을 켰다. 조르바가 불을 켜는 소리에 눈을 떴다. 그러고는 알아들을 수 없는 말을 중얼거리더니 다시 잠이 들었다.

나는 마음이 조급해져서 집중하며 글을 써 내려갔다. 나의 내면에서는 '부처'에 관한 극화 작업이 완전히 준비되어 있었다. 나는 마치 푸른 리본이 풀리듯 글을 썼다. 풀리는 속도가 너무 빠른 바람에 나는 그 속도를 따라잡느라 후들거렸다. 나는 쓰고 또 썼다. 모든 것이 수월하고 간단했다. 나는 받아쓰고 있는 것이었다. 연민과 포기, 호의가 쏟아져 나왔다. 부처의 궁전, 궁녀들, 황금 마차, 노쇠와 병마, 죽음과의 세 번에 걸친 만남, 출가와 고행, 해탈과 구원. 대지에는 노란 꽃들이 만발했다. 거지들과 왕들, 들과 나무는 가벼워져 있었다. 영혼은 바람이 되어 사라졌다. 손가락이 아팠지만 나는 멈추고 싶지 않았고, 멈출 수도 없었다. 환상은 빠르게 왔다 지나쳤고, 나를 떠나려 해서 나는 그것을 따라잡아야만 했다.

아침에 조르바가 나를 봤을 때 나는 원고 위에 머리를 파묻고 잠들어 있었다고 한다.

6

눈을 떴을 때, 이미 해가 중천에 떠 있었다. 내 오른손은 펜을 너무 오래 잡고 있어서 마디마디가 뻣뻣했다. 손가락을 오므려 주먹을 쥘 수가 없었다. 부처의 폭풍우가 나를 덮쳐 내 몸을 지치게 만들고 내 영혼은 텅 빈 것 같았다.

나는 허리를 굽혀 바닥에 흩어진 원고들을 주웠다. 식욕도, 원고를 다시 읽어 볼 힘도 없었다. 영감에 사로잡혀 한갓 꿈을 꾼 것 같았다. 나는 언어의 감옥에 갇혀 그 언어에 의해 망가지는 것을 보고 싶지 않았다.

조용히 비가 오고 있었다. 조르바는 일하러 가기 전 화로에 불을 피워 놓았다. 나는 오전 내내 화로 곁에서 손을 쬐며 빗소리를 들었다. 아무것도 먹지 않았고 움직이지도 않고 하루를 보내고 있었다.

아무런 생각도 하지 않았다. 나의 두뇌는 진흙 속 두더지처럼 쉬고 있었다. 나는 땅이 흔들리며 나는 작은 속삭임과 비가 떨어지는 소리, 새싹이 돋는 소리를 듣고 있었다. 남자와 여자가 만나 자식들을 낳던 때처럼 하늘과 땅이 결합하고 있다는 것을 느낄 수 있었다. 나는 야수 같은 소리를 내며 해안을 핥고 갈증을 달래는 바닷소리도 들었다.

나는 행복했다. 또 그것을 알고 있었다. 우리는 정작 행복한 시간에는 그것을 의식하지 못한다. 그 행복이 먼 과거로 지나가고 그것을 회상할 때에야 놀라고 만다. 그 순간이 얼마나 행복했던 것인가 깨닫는 것이다. 하지만 이 크레타 해안에서 나는 행복을 분명하게 알고 있었다.

아프리카 해안까지 넓게 펼쳐진 바다는 엄청난 갈증으로 포효하고 있었다. 뜨거운 남풍 리바스가 불었다. 지글대는 사막에서 불어오는 바람이었다. 아침이면 바다는 수박 냄새를 뿜어냈고, 한낮에는 안개에 덮여 잠잠했다. 가볍게 찰랑이는 물결이 작은 가슴 같았다. 저녁에는 장밋빛, 포도줏빛, 자줏빛, 짙은 남색으로 점점 변해 갔다.

나는 알이 고운 모래를 한줌 쥐었다가 손가락 사이로 흘려보내는 장난을 쳤다. 손은 모래시계였다. 인생은 새어 나가다가 사라지는 모래시계 같았다. 나는 바다를 보다가 조르바 이야기를 들었다. 그러면 행복이 관자놀이에서 떨려 왔다.

나는 어느 섣달 그믐날 저녁, 네 살 먹은 어린 조카 알카와 장난감 가게 쇼윈도를 들여다보던 순간이 떠올랐다. 조카는 나에게 의미심장한 말을 했다. "삼촌. 내 머리에 뿔이 돋아났어요. 내가 너무 기뻐서요." 나는 놀랐다. 인생은 얼마나 놀라운 것인가. 모든 사람의 영혼은 얼마나 비슷한가. 순간 나는 박물관에서 보았던 부처를 떠올렸다. 부처는 7년의 고뇌 끝에 해탈하고 그 행복에 빠져 있었다. 기쁨에 빠진 그의 볼 양옆에는 두 개의 힘찬 뿔이 돋아나 있었다.

저녁이 다가오자 비가 그치고 하늘은 맑아졌다. 나는 배가 고팠고, 배가 고프다는 느낌이 반가웠다. 이제 조르바가 돌아오면 불을 지피고 우리의 축제인 요리가 시작되는 시간이었다.

"이거야말로 절대 벗어나지 못하는 거죠." 조르바는 냄비를 불 위에 올리며 말했다. "여자에게 축복이 있기를. 먹는 것 또한 끝이 없죠."

크레타 해안에서 나는 처음으로 먹는 즐거움을 깨달았다. 조르바는 벽돌 두 개 사이에 불을 지펴 요리하고 우리는 반주를 곁들였다. 먹고 마시며 대화는 무르익어 갔다. 고기와 빵과 포도주야말로 정신을 만들어 내는 원료라는 것을 깨달았다.

일을 마치고 돌아온 조르바는 고단해서 무언가를 먹고 마시기 전에는 말할 기분이 아니었다. 그럴 때 그와 대화하면 그에게 말을 걸어도 대답에 힘이 없었다. 몸짓도 느려졌고 퉁명스러웠다. 그의 말대로 엔진에 연료를 채우면 그의 몸이라는 기계는 다시 생기를 되찾고 작동하기 시작했다. 그의 기억은 되돌아 왔으며 발은 날개를 단 듯 춤을 추었다.

"당신이 먹은 걸 알려 주면 당신이 어떤 사람인지 얘기해 주겠소. 어떤 이들은 먹고 똥과 잡동사니를 만들어 내고 또 어떤 이들은 일과 의욕을 만들고 또 어떤 이들은 하느님을 만들어 낸다나. 그러니 인간에겐 세 부류가 있죠. 보스 양반, 나는 최악도 최고도 아닌 중간 부류요. 나는 내가 먹는 것을 일과 의욕으로 바꿔요. 이 정도면 됐죠."

조르바는 장난기를 머금은 얼굴로 나를 보며 웃었다.

"보스 양반, 당신은 말이오. 아무래도 먹은 걸로 하느님을 만들기 위해 애쓰는 것 같소. 그런데 그게 잘 안 되니 괴롭고. 수탉에게 일어난 일이 당신에게도 일어나고 있는 겁니다."

"수탉이 무슨 일을 당했죠?"

"수탉이 말이요. 원래 수탉답게 점잖게 걸었죠. 그런데 어느 날 이 수탉이 두루미처럼 걷겠다고 생각한 거죠. 그 이후로 이 수탉은 자기의 걸음걸이를 몽땅 잊고 뒤죽박죽이 된 거예요. 균형을 잃고 뒤뚱뒤뚱 걷게 됐죠."

나는 고개를 들었다. 갱도에서 나오는 조르바의 소리가 들렸다. 그의 얼굴은 시무룩하고 두 팔은 축 늘어뜨린 채였다.

"별일 없었나요?"

"고생했어요. 오늘은 어땠나요? 조르바."

그는 대답이 없었다.

"불을 피우고 식사 준비를 할게요." 그는 짧게 말했다.

그는 한쪽 구석에서 땔감 장작을 한 아름 안고 밖으로 나가 보기 좋게 잘 쌓고 불을 지폈다. 그러고는 질그릇 냄비를 올리고 그 안에 물과 채소, 쌀을 넣고 요리했다. 나는 그동안 식탁에 보를 깔고 빵을 썰어 놓은 다음 아나그노스티 영감이 우리가 도착한 날 보내 준 무늬 있는 잔에 포도주를 채웠다.

조르바는 냄비 앞에 앉아 불길을 계속 쳐다보았다.

"조르바, 아이가 있었나요?" 나는 갑자기 질문을 던졌다.

"그건 왜 묻나요. 딸이 하나 있죠."

"결혼은 했나요?"

조르바는 웃음을 터뜨렸다.

"왜 웃어요?"

"질문이 우스워서요. 그 애는 결혼했어요. 바보가 아니니까. 할키디키 지방 파비트라 근방에 있는 구리광에서 일할 때였죠. 어느 날 동생에게 편지가 왔어요. 내게 동생이 있단 얘길 안 했군요. 가정적이고 신중하고 약아빠진, 위선적인 기독교인이죠. 지금은 테살로니키에서 식품점을 해요. 편지엔 '알렉시스 형님. 형님의 딸 프로소가 우리 가문을 더럽혔습니다. 애인이 있는데 벌써 아이까지 가졌어요. 우리 가문의 명예는 끝났습니다. 나는 마을로 쳐들어가 이 애의 목줄을 끊어 놓을 겁니다.'라고 쓰여 있었죠."

"그래서 어떻게 했나요?"

조르바는 어깨를 으쓱거렸다.

"'참내. 여자들이란!' 하고 말하고서 편지를 찢었어요."

조르바는 쌀을 휘젓고 소금을 넣으며 웃었다.

"진짜 재미있는 이야기는 여기부터죠. 두어 달 후에 그 바보 동생에게서 편지가 또 왔죠. '알렉시스 형님. 그동안 잘 계셨습니까. 이제 가문의 명예는 안전하니 우리는 고개를 들고 다닐 수 있게 되었습니다. 그 문제의 사내는 프로소와 결혼했습니다.'"

조르바는 몸을 돌려 나를 보았다. 그가 문 담뱃불에 그의 눈이 반짝였다. 그는 다시 한번 어깨를 으쓱거렸다.

"참내. 사내들이란!" 그는 경멸조로 중얼거렸다.

조금 후에 그는 말을 이어 갔다.

"여자에게 뭘 기대하겠어요. 한다는 것이 누군지도 모를 놈의 아이를 낳아 주죠. 그리고 남자에게 뭘 기대하겠어요. 남자는 그 덫에 걸려들고 말죠. 내 말 명심하쇼."

그는 냄비를 내렸다. 우리의 저녁 식사가 시작되었다.

조르바는 잠시 깊은 생각에 잠겼다. 무엇인가 그에게 걱정이 있는 것 같았다. 그는 입을 열 듯하다가 그대로 닫았다. 등잔 불빛으로 그의 눈에 담긴 근심과 걱정을 읽을 수 있었다.

나는 못 견디고 그에게 물었다.

"조르바, 내게 말해 봐요. 다 털어놔요. 그러면 마음이 가벼워질 거예요."

하지만 조르바는 말하지 않았다. 그는 조약돌을 하나 들어 밖으로 힘껏 던졌다.

"불쌍한 돌은 놔두고 말을 해요."

조르바는 주름이 가득한 목을 쭉 폈다.

"보스 양반, 나를 신뢰하나요?" 그는 불안한 눈으로 내게 물었다.

"물론입니다. 난 당신을 신뢰해요." 나는 대답했다.

"당신이 뭘 하든 잘못될 리 없어요. 당신이 그르치려고 해도 그렇게 안 될 겁니다. 당신은 맹수 같아서 양이나 나귀같이 굴지 않아요. 천성은 어쩔 수 없죠. 당신은 맹수예요. 조르바."

조르바는 고개를 저었다.

"하지만 난 지금 우리가 어디로 가는지 모르겠어요."

"난 알아요. 조르바. 당신은 걱정 말고 밀어붙여요."

"방금 한 말 한 번만 다시 해 줘요. 내게 용기를 주시오."

"밀어붙여요. 조르바."

조르바의 눈에 생기가 돌았다.

"이제는 말해 볼게요. 나는 며칠째 계획을 하나 짜고 있어요. 미친 생각 같은데 실행해도 될까요?"

"바보 같은 질문이군요. 우리가 여기 온 이유가 그것인데 무얼 망설여요. 생각을 실행해요."

조르바는 목을 내밀고 기쁨과 불안이 뒤섞인 눈으로 나를 보았다.

"정말 궁금했어요. 보스 양반, 우리 갈탄을 캐러 이곳에 온 게 아닌가요?"

"갈탄은 핑계예요. 그렇게 말해야 우리가 근사한 사업가 행세를 할 수 있고 구설에도 오르지 않을 거고요."

조르바는 넋이 나간 것 같았다. 이해하려고 애썼지만 엄청난 행복이 다가온 것이 믿기지 않는 것 같았다. 그는 확신이 들자 내게로 다가와 어깨를 붙잡고 물었다.

"보스 양반. 춤출까요?"

"싫어요."

"싫다고요?"

그는 놀라서 손을 들었다.

"좋아요. 그러면 내가 춤추겠소. 당신은 부딪칠 수 있으니

멀찌감치 떨어져 계세요."

조르바는 펄쩍펄쩍 뛰더니 밖으로 나갔다. 나가면서 신발과 코트, 조끼도 벗고 바지도 무릎까지 걷어 올리고 춤추기 시작했다. 그의 얼굴은 갈탄 가루로 새까맸고, 눈은 흰자가 빛나고 있었다.

그는 춤에 몰입했다. 손뼉을 치다가 공중으로 뛰어오르고 다시 땅으로 내려왔다. 발끝으로 돌기도 하고 고무공처럼 튀어 오르기도 했다. 그러더니 도약을 계속했다. 중력을 무시하고 날고 싶은 듯했다. 그의 늙은 육체 안에 날아가려는 영혼이 하나 있는 것 같았다. 그 영혼은 몸뚱이를 공중으로 올리지만 육체는 그것을 오래 버티지 못하고 다시 떨어진다. 다시 사정없이 몸을 흔들며 이번에는 더 높이 솟구치지만 그 늙은 육체는 또다시 떨어지며 헐떡였다.

조르바는 인상을 썼다. 그는 더 이상 소리도 지르지 않고 계속 불가능에 도전하려고 고투를 벌이고 있었다.

"조르바, 조르바. 충분해요. 그만하세요." 내가 소리쳤다.

나는 그렇게 뛰다가 그의 늙은 육신이 견디지 못하고 조각조각 찢어질까 봐 두려웠다.

내 소리가 들리지 않는지 그는 이미 새가 되어 있었다. 나는 불안하게 그의 사나운 춤을 계속 지켜보았다. 나는 어렸을 때 상상을 펼치다가 나 자신까지도 믿게 된 황당한 이야기를 친구들에게 들려주었었다.

"너희 할아버지는 어떻게 돌아가셨어?" 저학년 때 친구 한 명이 나에게 물었다. 나는 순간 거짓말을 꾸몄다. 나는 이야기에 살을 보태고 그 이야기를 믿게 됐다.

"우리 할아버지는 고무 신발을 신고 다니시는 분이었어. 어느 날 할아버지는 지붕에서 뛰어내리셨는데 땅에 닿자마자 고무공처럼 튀었어. 그러다가 더 높게 튀어 우리 집보다 더 올라가고 더 높게 뛰시더니 구름 사이로 사라져 버리셨어. 우리 할아버지는 이렇게 돌아가셨어."

이 거짓 이야기를 만들어 낸 다음, 나는 성 미나스 교회에 다니면서 그리스도의 승천이 그려진 성화를 가리키며 애들에게 말하고는 했다.

"여길 봐. 고무 신발을 신은 우리 할아버지가 여기 계셔."

수십 년의 세월이 지난 지금, 공중으로 뛰어오르는 조르바를 보며 나는 그 유치한 상상을 다시 떠올렸다. 나는 혹시 조르바가 구름 속으로 사라지는 것은 아닌지 마음을 졸였다.

"조르바! 이제 그만해요." 나는 다시 소리쳤다.

조르바는 숨이 차서 땅에 웅크리고 주저앉았다. 그의 얼굴은 행복해 보였고, 잿빛 머리카락은 이마에 들러붙어 있었다. 갈탄 가루와 뒤섞인 땀방울이 뺨과 턱으로 흘러내리고 있었다.

나는 걱정스러운 마음에 그를 쳐다보았다.

"속이 후련하군요. 피를 뽑은 기분이에요. 이제 말할 수 있겠어요."

그가 말했다.

그는 집으로 들어가 화로 앞에 앉아 나를 바라보았다.

"무슨 생각으로 그렇게 춤추었나요?"

"보스 양반, 어쩔 수 없었어요. 너무 기분이 좋아서 주체가 안 됐어요. 분출할 방법을 찾아야 했어요. 근데 무슨 방법이 있겠어요. 말? 천만에요."

"뭐가 그렇게 기뻤나요?"

조르바는 순간 불안한 눈으로 나를 보았다. 그의 입술이 미세하게 떨렸다.

"뭐가 기분이 좋았냐고요? 조금 전에 당신이 말했잖아요. 정작 자신은 모르는 건가요? 우린 갈탄 때문에 여기 온 것이 아니라고 했어요. 나는 그 말에 부담을 덜었어요. 우린 여기에 노닥거리러 온 거고 핑계를 만들고 우리를 바보 취급 못하게 하고, 헛소리 못하게 하기 위한 거라고 했잖소. 우리 둘만 남고, 아무도 보지 않을 땐 웃고 즐기자는 것 아닌가요. 보스 양반, 나도 그걸 원했는데 내 마음을 나도 몰랐던 겁니다. 나도 종종 갈탄 생각은 했지만 부불리나도 신경 써야 하고 당신도 신경 써야 하고 오락가락했죠. 갱도를 하나 열면 속으로 기도했죠. '갈탄아, 나와라.' 그러고는 난 온몸이 갈탄이 되는 거죠. 일을 마치고 늙은 물개와 수작할 땐—그녀에게 행운을!—갈탄과 보스 모두 그녀의 목에 두른 리본에 매달았죠. 그러나 혼자 남게 되면 당신을 생각하고 가슴이 뭉클해집니다. 양심의 가책이 드는 거죠. '조르바 이 자식아, 창피한 줄 알아라. 저렇게 착한 사람의 돈을 먹다니. 그따위 짓거리 언제까지 할 거냐. 이제 그만 좀 해라.' 보스 양반, 지금이니까 말합니다만, 난 원래 중심을 잡기 힘들어요. 다른 쪽에선 악마가, 다른 쪽에선 하느님이 날 당기죠. 중간에서 난 찢어지는 것 같았어요. 고맙게도 보스 양반의 지금 그 말로 난 눈을 뜨게 된 겁니다. 우리 둘이 의기투합하고 있다는 걸 알았어요. 우리 건배합시다! 돈이 얼마나 남았죠? 우리 다 먹어 치웁시다!"

조르바는 식탁으로 손을 뻗었다.

"괜찮다면 전 좀 더 먹어야겠어요. 배고프네요."

그는 빵과 양파, 올리브 열매를 한 움큼 먹어 치우고 포도주를 목구멍에 들이부었다. 조르바는 그제야 입맛을 다셨다.

"이제 차네요." 그는 중얼거리고는 내게 윙크하며 물었다.

"왜 안 웃나요? 왜 그런 눈으로 보시죠? 난 이렇게 생겨 먹은 놈이에요. 내 속에 악마가 하나 있고, 난 그놈이 시키는 대로 합니다. 내가 고민이 생기면 악마는 소리쳐요. '춤춰!' 나는 춤추죠. 그러면 숨통이 좀 트이죠. 할키디키에서 내 아들 디미트라키가 죽었을 땝니다. 나는 전처럼 춤췄어요. 친구들은 나를 말렸죠. '조르바가 돌았다. 조르바가 미쳤다.' 사람들이 수군거리더라고요. 만약 춤추지 않았다면 그때 난 정말로 미쳤을 겁니다. 너무 슬퍼서요. 내 첫아들이고 고작 세 살이었죠. 난 견딜 수가 없었어요. 보스 양반, 이제 내 말을 알아듣겠나요? 난 지금 벽에 대고 얘기하나요?"

"알아요. 조르바. 이해합니다."

"또 한번…… 내가 러시아에 있을 때요. 그래요. 광산 일 때문이었어요. 노보로시스크 근처의 구리광이요. 러시아 말이라곤 대여섯 마디밖엔 몰랐죠. '네, 아니오, 빵, 물, 사랑해, 이리 와, 얼마에요?' 그러나 난 공산당원인 러시아인 친구를 사귀었어요. 우리는 매일 저녁 항구 술집에서 보드카 몇 병을 들이켜고 취하곤 했죠. 그러다 기분이 좋아지면 이야기를 좀 더 나누고요. 그 친구는 러시아 혁명 중에 있었던 일을 내게 이야기하고 싶어 했고, 나도 나의 삶과 행적을 이야기했죠. 둘 다 취했고, 그렇게 우린 형제처럼 친하게 지냈어요. 우리는 손짓과 발짓으로 대충 소통했어요. 그 친구가 먼저 말하다가 못 알아들을 땐 내가 소리쳤죠. '그만!' 그러면 그 친구는 일어나 춤췄어요. 춤으로 자기가 하고 싶은 말을 들려준 거죠. 나도 똑같이 했어요. 말이 안 통하면 손과 발, 괴성으로 대신했죠. 하이! 하이! 호우! 호플라! 호헤이! 그 친구의 차례였어요. 어쩌다 총을 들게 됐는지, 어떻게 전쟁이 시작됐는지, 어떻게 노보로시스크로 왔는지 이야기했죠. 내가 그 친구의 말을 알아듣지 못하면 소리를 질렀어요. '그만!' 그러면 친구는 바로 일어나 춤췄어요. 미친 듯이 몸을 움직이죠. 나는 그의 손과 발과 가슴과 눈을 보면 전부 이해할 수 있었어요. 노보로시스크로 온 이유와 몰려다니며 상점을 턴 이야기, 가정집으로 들어가 여자들을 겁탈한 이야기 모두 다요. 처음엔 할퀴고 물어뜯고 거부하다가 점점 눈을 감고 신음을 내기 시작했다는군요. 여자들이란……. 러시아 친구가 말을 끝내고 내 차례였죠. 그 친구는 좀 머리가 안 돌아가요. 첫마디부터 '그만!' 하고 소리치죠. 그러면 나도 일어나 책상과 걸상을 밀어 두고 춤추죠. 여보쇼. 우리 사람들은 아주 푹 가라앉아 있어요. 젠장. 몸은 벙어리가 만들어 버리고 주둥이로만 말하죠. 주둥이가 무슨 말을 할 수 있겠어요? 그 러시아 친구가 머리부터 발끝까지 내 온몸이 하는 말에 얼마나 귀를 기울이고 얼마나 잘 알아들었는지. 그 모습을 보스 양반이 봤다면 좋았을 텐데……. 내 행복과 불행을 모두 춤으로 보여 주면서 그놈에게 나를 말해 줬어요. 내가 어느 곳을 여행했는지, 몇 번 결혼했는지, 어떤 일을 했는지, 돌장이, 광부, 행상, 옹기장이, 의용군, 산투리장이, 볶은 호박씨 장수, 대장장이, 밀수꾼 등을 어떻게 했었는지, 감옥에 들어갔다 온 이야기, 러시아로 온 이야기 등 다 얘기해 줬죠. 멍청한 친구였지만 모두 다 알아들었어요. 내 발과 내 손이, 내 머리카락과 내 옷이 다 말해 줬으니까요. 그리고 내 허리춤에 찬 나이프까지 말했어요. 내가 마치자 그 미련한 러시아 놈이 나를 껴안고 입맞춤을 했죠. 그리고 우린 다시 보드카를 넘치게 따랐어요. 그렇게 마시고 울고 웃고 했답니다. 날이 새면 헤어졌다가 저녁이 되면 다시 만났죠. 지금 웃고 있나요? 내 얘기가 믿어지지 않는 거죠? '이 신드바드 같은 놈이 뭔 소리를 지껄이는 거야. 춤으로 대화한다고?'라고 생각하나요? 맹세코 신과 악마는 이렇게 대화할 겁니다. 근데 졸리신 모양이군요. 나약하군요. 어서 가서 주무쇼. 내일 다시 얘기하고요. 내게 계획이 하나 있소. 놀라운 계획이요. 내일 얘기해 줄게요. 난 담배 하나를 더 피워야겠어요. 바다에 들어갔다 올 수도 있고요. 흥분을 식혀야 할 것 같네요. 안녕히 주무시오."

나는 쉽게 잠이 오지 않았다. 인생을 허비했다는 생각이 들었다. 걸레를 하나 찾아 그동안 학교에서 배웠던 모든 것을 지워 버리고 조르바라는 학교에 들어가 알파벳부터 다시 배우고 싶었다. 그렇다면 나는 달라질 것이다. 내 모든 감각을 완벽하게 갈고닦아 몸이 즐기고 몸이 이해할 수 있었을 것이다. 달리기, 씨름, 승마, 수영, 조정, 운전과 사격을 배웠을 것이다. 내 영혼을 육신으로 채우고 육신을 영혼으로 채웠을 것이다. 마침내 두 적대자가 내 안에서 화해했을 것이다.

나는 침대에 앉아 허비한 내 인생을 생각했다. 열린 문을 통해 조르바의 모습을 바라봤다. 나는 그가 부러웠다. '조르바는 진리를 발견했다.'라고 생각했다. 그가 가는 길이 옳은 길이다.

지금이 아닌 먼 옛날이었다면 조르바는 종족의 추장이었을 것이다. 앞장서서 도끼를 들고 걸었을 것이다. 아니면 성을 순회하는 음유 시인이었을 것이다. 영주와 하인, 귀부인들까지 모두 자신에게 목매게 만들었을 것이다. 황량한 시대의 조르바는 늑대처럼 울타리를 배회하거나 한심한 먹물의 광대 노릇을 한다.

조르바는 갑자기 벌떡 일어나 옷을 벗어 던지고 바다로 뛰어들었다. 희미한 달빛 아래 나는 그를 오래 바라보았다. 그의 머리가 수면 위에서 보였다가 사라졌다. 그는 소리를 지르거나 개처럼 짖었다. 말처럼 힝힝거리다가 닭처럼 꼬꼬댁거렸다. 이렇게 고요한 밤중에 그의 영혼은 짐승들에게 되돌아갔다.

나는 나도 모르게 잠이 들었다. 이른 아침, 한결 가뿐해 보이는 조르바가 내 발을 잡아당겼다.

"보스 양반, 일어나요. 이제 내 계획을 말할게요. 듣고 있나요?"

"듣고 있소."

그는 바닥에 철퍼덕 주저앉더니 설명하기 시작했다. 산꼭대기에서 바닷가까지 케이블을 설치해 갱도를 버틸 목재를 운반하고 남은 목재는 건축 목재로 팔 것인지에 대해 설명했다. 우리는 수도원의 소나무 숲을 빌리기로 했었다. 그러나 운반 비용이 많이 들고 노새도 넉넉하지 않았다. 그래서 조르바는 기둥을 세운 후 케이블을 만들고 산 정상에서 도르래로 목재를 운반한다는 구상을 한 것이다.

"찬성인가요? 서명하시겠소?"

"네. 추진하세요."

그는 화로에 불을 지피고 주전자에 커피를 준비했다. 내 무릎에 담요도 한 장 덮어 주고는 만족스럽게 밖으로 나갔다.

"오늘 새 갱도를 열 거예요. 내가 광맥을 잡았어요. 검은 다이아몬드죠."

나는 부처에 대한 원고를 펼치고 나의 갱도를 파 들어갔다. 나는 온종일 썼다. 쓰면 쓸수록 마음도 가벼워지고 편안했다. 마음 깊은 곳에서는 안도감과 긍지, 혐오감이 뒤섞여 착잡했다. 하지만 나는 이 원고를 끝내면 봉해 버리고 해방된다는 생각을 했기에 작업에 몰두했다.

배가 고팠다. 건포도 몇 개와 아몬드, 빵 한 조각을 먹었다. 나는 조르바를 기다렸다. 조르바의 웃음, 즐거운 대화, 친절한 말, 그가 해 주는 맛있는 음식을 기다렸다.

저녁이 되자 조르바는 돌아와 요리하고 함께 식사했다. 그의 마음은 다른 데 가 있는 것 같았다. 그는 무릎을 꿇고 땅바닥에 작은 나무를 박더니 그 위에 끈을 하나 걸었다. 이 장치를 망가뜨리지 않을 정도의 케이블 경사도를 찾아내려 애쓰고 있었다.

"경사가 급하면 우리는 거덜 나는 겁니다." 그는 내게 설명했다. "너무 완만하면 그때도 거덜 나는 겁니다. 정확한 경사도를 찾아야 해요. 이런 일엔 머리와 포도주가 필요하죠."

"포도주는 얼마든지 있소만 머리라고요?" 내가 웃으며 농담을 던졌다.

조르바도 웃었다.

"이제 당신도 뭔가를 아네요." 그는 다정하게 나를 쳐다보았다.

그는 쉬려고 앉았다가 담배를 하나 피웠다. 다시 기분이 좋아졌는지 말을 많이 하기 시작했다.

"이 고가 케이블이 제대로만 성공하면 숲을 베어 내 공장을 차려 나무판자, 기둥, 대들보 같은 걸 만들 수 있어요. 이렇게 되면 우린 떼돈을 벌죠. 그러면 돛 세 개짜리 배를 만들어서 세계 일주를 떠날 수 있어요."

조르바의 눈이 반짝였다. 먼 이국의 여자들과 거리의 조명, 거대한 빌딩, 공장, 배가 그의 눈에 선명했다.

"보스 양반, 나는 벌써 정수리가 세고 있어요. 이빨도 흔들거리고 시간이 없어요. 당신은 아직 젊으니 기다릴 수 있겠죠. 사람들은 늙으면 성질이 죽는다지만 난 나이를 먹을수록 더 거칠게 살 겁니다. 저승사자가 내게 와도 목을 쑥 내밀고 '날 잡아가쇼.' 하고 된다고 하죠. 하지만 난 점점 더 사나워지고 있어요. 나는 절대로 포기하지 않아요. 이 세상을 먹어 치울 거니까요."

그는 일어나서 산투리를 가져왔다.

"이리 오너라. 이 악마야. 그 벽에서 뭘 했니. 네 노래 좀 들어보자."

산투리를 감싸고 있는 천을 부드럽고 조심스럽게 벗기는 손은 아무리 봐도 질리지 않았다.

그는 산투리를 무릎 위에 놓고 몸을 숙여 줄을 애무했다. 부를 노래를 상의하는 것인지, 눈을 뜨라고 어르는 것인지, 고독에 지쳐 방황하는 그에게 친구가 되어 달라고 사정하는 듯했다. 그는 노래를 한 곡조 부르기 시작했다. 잘 안 되는지 포기하고 새 노래를 시작했다. 산투리의 현들은 내키지 않는 듯 우는 소리를 냈다. 조르바는 벽에 기대 앉아 미간을 문질렀다. 이마에서 땀이 흐르고 있었다. 그는 겁먹은 표정으로 중얼거렸다.

"하고 싶지 않대요. 하기 싫대요."

그는 산투리라는 사나운 야수에게 물리는 것이 두려운 듯 다시 조심스럽게 천에 싸서 벽에다 걸었다.

"하고 싶지 않대요. 강요할 수 없어요."

조르바는 다시 주저앉아 잔에 포도주를 채웠다. 화로에서 밤을 찾아내 내게 주면서 끊임없이 마셨다.

"보스 양반, 나는 뭐가 뭔지 모르겠어요. 만물에 영혼이 있어요. 나무도, 들도, 포도주도, 이 땅도. 모든 것에 영혼이 있다고요."

그는 잔을 들었다.

"건배!"

잔을 비우고 다시 잔을 채운 그가 중얼거렸다.

"인생이란 추잡스러워. 추잡스러운 것이 꼭 늙은 부불리나 같아!"

나는 웃음이 터졌다.

"보스 양반, 내 말 좀 들어봐요. 웃을 일이 아니에요. 인생이 부불리나와 똑같아요. 늙었지만 바람둥이 연인처럼 재주가 있어요. 사람을 쏙 빼놓는 기술이 있어요. 눈을 감고 있으면 마치 스무 살짜리 여자를 안고 있는 것 같죠. 정말 몸이 달아 불을 끄면 정말 스무 살짜리 처녀 같다니까요. 당신은 이렇게 말하고 싶은가요? 그녀가 반송장이 다 됐고, 인생을 방탕하게 살았고, 어디 한두 명 하고 뒹굴었느냐고. 제독, 뱃놈, 군인, 농부, 행상인, 신부, 어부, 경찰, 선생, 선교사, 판사 등등. 그게 뭐요? 그 여자는 금방 잊어버려요. 저 늙은 여자는 아무도 기억하지 못하고 할 때마다 달라져요. 순진무구한 비둘기가 되어 얼굴이 빨개지죠. 마치 첫 경험인 양 파르르 떨어요. 여자란 요물이에요. 1,000번을 자도 1,000번 처녀가 돼요. 하지만 어떻게 그러냐고요? 기억하지 못하니까요."

"하지만 조르바. 앵무새는 기억하죠. 그놈은 당신이 아닌 다른 이름을 재잘거리잖아요. 당신이 일곱 번째 천국에서 즐기는데 '카나바로! 카나바로!' 지저귀면 목을 비틀고 싶지 않나요? 교육시켜서 '조르바! 조르바!' 하고 소리치게 하고 싶지 않나요?"

"아이고. 구닥다리시네." 조르바는 귀를 막으며 소리쳤다. "목을 비틀어 버리고 싶냐고요? 나는 앵무새가 카나바로를 외치는 게 기분이 좋은 걸요. 흥분된답니다. 그 여자는 앵무새 새장을 침대 머리에 걸어 놓죠. 앵무새는 우리가 기분을 낼라 치면 '카나바로! 카나바로!' 하고 소리치기 시작하죠. 난 맹세코, 보스 양반. 빌어먹을 책들이 잔뜩 들어간 당신 머리가 이해 못 할 수도 있지만 난 맹세코 그 소리를 들으면 내 발에 에나멜 장화가 신겨지고 머리엔 깃털 모자를 쓴 듯하고 수염은 향기 나는 기름을 바른 듯 비단같이 느껴져요. '본 조르노, 보나 세라, 만자테 마카로니!(좋은 아침입니다. 좋은 저녁이에요. 마카로니 드세요!)' 나는 진짜 카나바로가 되는 거죠. 나는 수천 개의 구멍이 난 기함에 올라 떠나는 겁니다. 대포를 쏴 대면서요."

조르바는 배를 잡고 웃었다. 그는 왼쪽 눈을 감고 나를 보았다.

"보스 양반, 나를 용서하쇼. 나는 내 할아버지 알렉시스를 닮았나 봐요. 할아버지는 100살 되던 해에도 샘에 물 길러 가는 처녀들을 보려고 나가서 앉아 있었죠. 시력이 나빠져 제대로 볼 수가 없었죠. 그래서 소녀들에게 소리쳤어요. '애야, 넌 누구니.' '마스트란도니의 딸 레니오예요.' '그렇구나. 이리 와 보렴.' 소녀가 다가가면 할아버지는 천천히 다정하게 소녀의 얼굴을 쓰다듬었죠. 그러면서 할아버지는 울었어요. '할아버지, 왜 우세요?' '이렇게 예쁜 소녀들을 남겨 놓고 죽어 가는데 눈물이 안 나겠니.'"

조르바는 길게 한숨을 쉬었다.

"불쌍한 우리 할아버지. 나도 이제 할아버지가 이해돼요. 나는 이따금 한탄하죠. '아, 예쁜 여자들은 나 죽을 때 몽땅 죽어 버렸으면!' 하지만 저것들은 잘 살겠죠. 아주 잘. 조르바는 죽어 흙이 되는데 사내들은 그런 것들을 주물럭거리며 재미 보고."

조르바는 화로 속에서 알밤 몇 개를 끄집어내서 껍질을 깠다. 우리는 잔을 세게 부딪쳤다. 밤늦도록 술을 마시며 토끼처럼 밤을 씹었다. 바다가 울어 대는 소리가 들려왔다.

7

나와 조르바는 오랜 시간 화로 앞에 앉아 있었다. 나는 소박한 것들이 주는 행복을 절실히 느끼고 있었다. 포도주 한 잔, 밤 한 톨, 초라한 오두막, 바닷소리, 이것들이면 충분했다. 다른 것들은 필요하지 않았다. 이 모든 것이 행복이라는 것을 알기 위해서는 가난한 마음과 절제가 필요했다.

"조르바, 결혼을 몇 번 했나요?" 나는 물었다.

우리 두 사람은 취해 있었다. 포도주를 많이 마셨다기보다는 말로는 설명이 힘든 커다란 행복 때문이었다. 우리는 서로를 깊이 이해했고 각자의 방식으로 올바른 철학을 찾았고 바닷가에 갈대와 널빤지로 만든 아늑한 공간을 찾았다. 우리 앞에는 먹을 것이 가득했고 마음속에는 평온과 사랑이 있었다.

조르바는 내가 하는 질문을 듣지 않았다. 그의 마음은 바다에 가 있었다. 내 목소리는 그곳에 다다르지 못했다.

"결혼은 몇 번이나 했냐고요. 조르바." 내가 다시 물었다.

그는 화들짝 놀랐다. 내 말을 들었는지 손을 휘휘 저었다.

"아, 지금 거기서 그런 시시콜콜한 이야기를 하는 거요?" 그는 대답했다.

"난 뭐 사람이 아닌가요. 나도 그 엄청난 바보짓을 했죠. 결혼한 남자들은 내 말에 동의할 거요. 그렇죠. 나도 바보짓을 엄청나게 했죠. 결혼했었죠."

"네. 알았어요. 그럼 몇 번인가요."

조르바는 짜증난다는 듯 목을 벅벅 긁었다.

"몇 번이냐고요?" 마침내 그는 말했다. "정직하게는 한 번, 그리고 두 번은 반쯤 합법적으로. 간음으로 하자면 1,000번, 아니 2,000번, 3,000번, 그걸 어찌 다 기억하겠소."

"말해 봐요. 내일은 일요일이잖아요. 면도하고 옷을 차려입고 부불리나에게 가서 즐깁시다. 그러니 오늘 밤은 놉시다. 말해 봐요."

"도대체 무얼 말하겠어요. 그딴 것들을 말하는 사람이 있나요. 정직한 결혼은 몇 대가리 없죠. 양념 없는 음식이에요. 성화에 그려진 성인들의 축복을 받으며 하는 입맞춤도 키스입니까? 우리 고향에는 이런 말도 있소. '제일 맛있는 고기는 훔친 고기다.' 마누라는 훔친 고기가 아니오. 반면에 도둑질

한 사랑은 사정이 다르죠. 그 횟수를 어찌 다 기억하겠습니까. 수탉이 장부에 기록하는 것을 본 적 있나요. 왜 그런 장부를 남기겠습니까. 나도 젊을 땐 잠자리를 같이한 여자들의 거웃 한 올을 잘라 모았었죠. 그 시절에는 가위를 가지고 다녔어요. 교회에 갈 때조차요. 모으고 또 모아서 그것으로 속을 넣은 베개를 만들고 잤어요. 하지만 겨울에만 잤소. 여름엔 더워서 열불이 났거든요. 하지만 금세 때가 타고 냄새가 나서 태워 버렸소."

조르바는 크게 웃었다.

"그 털들이 나의 장부였던 거죠."

"그럼 반만 합법적인 결혼은요?"

"그건 재밌죠." 조르바는 낄낄대며 말을 이었다.

"슬라브 여자였어요. 그 여자가 1,000년 동안 행복하기를! 자유 그 자체였어요. 어디야? 언제 와? 어디서 잤어? 이런 걸 전혀 묻지 않았죠. 자유였어요."

그는 손을 뻗어 잔을 비우고 밤을 씹으며 말했다.

"하나는 소핑카라는 여자였어요. 또 한 명은 누사였고요. 소핑카는 노보로시스크 근처 큰 마을에서 만났어요. 겨울이었는데 눈길을 걸어 광산으로 가고 있었죠. 배가 고파 마을로 갔어요. 그날은 장날이었죠. 시장에서 물건을 사고팔려고 모두가 시장으로 나왔죠. 나는 그 장바닥을 어슬렁거리며 돌아다녔죠. 그러다 한 시골 처녀가 마차에서 뛰어내린 걸 보게 된 거죠. 바다처럼 새파란 눈에 키가 180센티미터도 넘어 보이는 몸집이 큰 여자였어요. 그야말로 암말 같았어요. 난 충격을 받고 정신이 혼미해졌어요. '아이고, 불쌍한 조르바.' 난 자신에게 이렇게 말했어요. '왜 광산을 찾아다니냐. 여기 진짜 광산이 있잖아. 갱도를 열어.' 난 침을 질질 흘리며 그 여자 뒤를 따라갔죠. 그 처녀가 걸음을 멈추더니 흥정 끝에 장작을 사더군요. 그녀의 팔은 무척 길었어요. 단번에 마차에 던지더군요. 빵과 훈제 생선도 사고요. '얼마예요?' 그녀가 묻자 장사꾼이 대답했죠. 그녀가 값을 치르려고 귀에서 금귀고리를 빼더라고요. 그 순간 나는 너무 놀랐죠. 한 여자가 귀고리를, 장신구를, 향수 비누를, 라벤더 향수를 물건 값 때문에 포기해야 하다니……. 그렇게 되면 안 되죠. 세상이 끝장나는 거죠. 공작새 깃털을 뽑을 수 있겠소? 그건 안 될 일이죠. '조르바한테 목숨이 붙어 있는 한, 그런 일은 일어나선 안 돼.' 나는 이렇게 중얼거렸죠. 내가 지갑을 열어 값을 치렀어요. 그 무렵 루블화는 종잇조각이었어요. 그래도 그리스 돈은 100드라크마면 노새 한 마리를 살 수 있었고, 여자를 사려면 10드라크마면 됐어요. 그래요. 내가 돈을 냈어요. 그 거구의 여자가 돌아서서 나를 보았죠. 내 손등에 키스하려고 손을 잡았지만 난 손을 뺐지. 나를 노인네로 봤나. '스파시바! 스파시바!' 그녀가 말했어요. 고맙다는 말이었죠. 마차에 오르더니 고삐를 잡고 채찍을 들어 올렸어요. 나는 속으로 생각했어요. '조르바, 그녀가 가잖아.' 나도 마차로 뛰어올랐죠. 그녀 옆에 앉았는데 그녀는 아무 말도 하지 않았어요. 고개를 돌려 나를 보지도 않았죠. 말한테 채찍질을 하곤 출발했죠. 이 여자를 아내로 삼고 싶다는 생각이 들더군요. 손으로, 무릎으로 대화를 나눴어요. 우리는 그녀가 사는 마을에 도착했고, 그 여자는 어느 러시아 목조 집 앞에 도착해 마차에서 내렸죠. 우린 마당으로 들어섰고 장작과 생선, 빵을 가지고 방으로 들어갔어요. 한 노파가 불이 꺼진 난로 앞에서 몸을 떨고 있더군요. 부대, 넝마, 양가죽을 쓰고도 심하게 떨었어요. 추위가 대단했으니까요. 난 난로에 장작을 넣고 불을 지폈어요. 노파는 나를 보고 미소 짓더군요. 그녀의 딸이 그녀에게 뭐라고 하는데 알아들을 수 없었어요. 난 불길에 부채질을 했고 노파는 생기를 되찾았죠. 그러는 동안 그녀는 식탁을 차렸어요. 보드카도 조금 가져오고 주전자에 차를 끓여 마시고 노파에게도 주었어요. 식사 후 그녀는 침대보를 깔고 성모상 앞 램프에 불을 붙이고 성호를 그었어요. 그리고 나를 불렀어요. 우리 둘은 노모 앞에 무릎을 꿇고 노모의 손에 입을 맞췄어요. 노파는 앙상한 손을 우리 머리 위에 얹고 중얼거렸죠. 아마도 축복하는 것 같았어요. '스파시바. 스파시바.' 내가 소리쳤죠. 그리고 침대로 여자와 함께 올라갔죠."

조르바는 침묵하더니 바다를 바라보았다.

"그 여자의 이름은 소핑카였어요." 그리고 다시 입을 다물었다.

"그래서 어떻게 됐나요?" 나는 궁금했다.

"그래서라뇨. 보스 양반, 뭐가 그리 궁금하죠? 여자는 맑은 샘물이에요. 남자는 몸을 숙여 거기 비친 자기 얼굴을 보고 물을 마시지. 마시고 나면 뼛속까지 시원해져요. 그리고 다시 다른 목마른 놈이 오면 자기 얼굴을 비춘 후 물을 마시죠. 그 다음에는 또 다른 놈이 오고. 이런 게 샘물이에요. 여자가 그런 거요."

"그리고 떠났나요?"

"내가 뭐를 더 해야 하나요? 여자는 샘이고 나는 나그네예요. 난 다시 길을 떠났죠. 그녀와는 석 달을 보냈어요. 하느님께서 그녀에게 축복을 주시길. 석 달이 지나고 내가 광산을 찾으러 가는 길이었단 게 생각났어요. '소핑카, 나는 할 일이 있어서 떠나야 해요.' 내가 말하자 소핑카는 대답했지. '그럼 가세요.' 소핑카가 말했어요. '난 한 달 동안 기다릴 거예요. 만약 그 안에 오지 않으면 나는 자유의 몸이 되는 거예요. 당신도 마찬가지고요. 축복이 함께하길.' 그러고 나서 난 떠났소."

"한 달 뒤에 돌아갔나요?"

"보스 양반, 이렇게 말해서 좀 그렇지만 당신은 참 모자라네요." 조르바는 언성을 높였다. "돌아가다뇨. 파문당한 여자들이 날 가만두겠소. 한 달 뒤 누사를 만났죠."

"계속해 봐요."

"다음에 할게요. 그 불쌍한 여자들을 뒤섞으면 안 되죠. 소핑카의 건강을 위하여!"

조르바는 포도주를 들이켰다.

"좋소. 누사에 대해 얘기하죠. 오늘 밤은 러시아로 가득하군요. 이야기를 한번 풀어 보죠." 그는 수염을 쓰다듬고 숯을 들쑤셨다.

"누사를 만난 곳은 쿠반이라는 마을이었어요. 여름철이라 수박과 참외가 자라고 있었죠. 하나쯤 가져간다고 해서 뭐라 할 사람도 없었죠. 반으로 쪼개 먹으면 그만이지. 그때 그곳 캅카스 지방은 모든 게 풍요로웠어요. 기분 내키는 대로 골라잡아 가져가면 됐죠. 생선과 버터, 그리고 여자들도! 거기서 수박을 봤다면 손에 넣으면 되고 여자를 봤다면 손에 넣으면 되는 거죠. 제기랄, 이 그리스에선 수박 잎 하나만 따도 법정에 서고 여자 한 번만 만져도 그녀의 오빠가 칼부림을 하잖아요. 천박하고 인색하죠. 염병할 인간들. 러시아에 가서 통 큰 사람들을 좀 보길. 쿠반을 지나다가 참외밭에서 그 여자를 처음 봤소. 맘에 꼭 들었어요. 슬라브 여자들은 비열하고 이기적인 그리스 여자들과는 달라요. 슬라브 여자들은 사랑을 그램 단위로 파는 그리스 여자가 아니거든요. 슬라브 여자들은 손이 커서 덤을 주죠. 식사든 뭐든 덤을 듬뿍 주는 거죠. 그 여자들은 동물이나 대지와 가까웠어요. 그래서인지 그리스 여자들처럼 인색하지 않았죠. '이름이 뭐요?' 내가 물었지. 그곳에서 여자들과 살며 러시아어를 배웠지. '누사요. 당신은요?' '알렉시스요. 당신이 맘에 들어요. 누사.' 그녀는 말을 살피듯 나를 상세히 살피더라고요. '비실비실하진 않네요. 콧수염도 풍성하고 어깨도 넓고 팔도 굵고 괜찮네요. 나도 당신이 마음에 들어요.' 그 밖에 더 말은 필요 없었죠. 그래서 그날 밤 제일 좋은 옷을 입고 그녀의 집으로 갔어요. '털옷 있나요?' 누사가 묻더군. '있어요. 그런데 이 더위에 털옷은 왜요?' '상관없어요. 멋있게 보이게 그걸 입고 오세요.' 그날 저녁 난 신랑처럼 차려입고 팔에 털옷을 걸쳐들고 은 손잡이가 달린 지팡이도 들고 갔어요. 아주 큼직한 시골집이었어요. 마당이 있고 소들도 많고 포도주 착즙기도 여러 개고, 마당에는 모닥불 위에 솥이 있었죠. '뭘 끓이고 있나요?' '수박 시럽이요.' '그럼 이건요?' '참외 시럽이요.' 나는 속으로 중얼거렸죠. '수박 시럽과 참외 시럽을 끓이다니 약속의 땅이로구나. 가난은 물러가거라. 이제 치즈가 가득 든 염소 가죽 주머니 속에 빠진 생쥐가 된 거야!' 나는 계단으로 올라갔어요. 누사의 부모님은 초록색 반바지를 입고 굵은 술이 달린 붉은 허리띠를 차고 계셨죠. 마을의 유지였어요. 그들이 두 팔 벌려 환영해 줬죠. 나를 껴안고 키스를 퍼붓더군. 순식간에 내 얼굴은 침으로 범벅이 되고, 그들은 뭔가를 빠르게 말하는데 난 알아듣지 못했지. 하지만 무슨 상관이에요? 표정으로도 날 마음에 들어 한다는 것을 알 수 있었어요. 안으로 들어가서 내가 뭘 봤는지 아나요? 돛이 세 개 달린 배처럼 상다리가 부러지도록 음식이 차려져 있더군요. 모든 친척이 서 있고 그 맨 앞에 누사가 화장을 짙게 하고 가슴이 푹 파인 옷을 입고 서 있었죠. 그녀는 아름다움과 젊음으로 빛이 났어요. 머리에는 붉은 두건을 두르고 망치와 낫을 수놓은 옷을 입고 있었죠. 나는 속으로 중얼거렸어요. '맙소사, 조르바. 오늘 이 몸뚱어리를 네가 품는 것이냐. 하느님, 날 낳은 부모를 용서하소서.' 남녀 할 것 없이 모두 그릇에 얼굴을 박고 먹어 댔어요. '그런데 신부님은 어디 계신가요? 우리 결혼을 축복해 줄 신부님이요.' 내가 누사의 아버지에게 물었어요. 그 양반은 너무 먹어서 몸에서 김이 나고 있었지. '신부는 없어. 종교는 인민의 아편이오!' 이렇게 말하곤 붉은 허리띠를 풀고 일어서며 모두에게 조용히 하라고 했죠. 그는 포도주가 넘칠 듯한 잔을 들고 나를 바라보며 연설을 시작했어요. 그가 무슨 말을 하는지 알 수 없었죠. 난 그저 서 있는 것이 지겨웠소. 게다가 머리가 어지러워 다시 앉았죠. 앉아서 내 무릎 오른쪽에 앉은 누사의 무릎을 맞댔어요. 노인네는 땀을 흘리며 계속 말했어요. 결국 사람들이 그에게 달려들어 말리니 그제야 멈추더군요. 누사가 내게 신호를 보냈어요. '자, 이제 당신이 말할 차례예요.' 나는 일어나 절반은 러시아어, 절반은 그리스어로 연설했어요. 내가 뭐라고 했냐고요? 나도 알고 싶어요. 마지막에 클레프트 민요를 불렀다는 것만 기억나네요. 나는 냅다 노래를 불렀소.

산적들이 산으로 달려갔지.
말을 훔치려고.
말을 찾지 못하자
대신 누사를 훔쳤다네.

보스 양반, 내가 상황에 맞게 노래 가사를 조금 바꿨소.

그리고 도망쳤네. 도망쳤어. 도망쳤어.
(엄마, 어서 와요. 그들이 도망쳐요.)
아, 사랑스러운 누사.
아, 사랑스러운 누사.
얼씨구!

이렇게 '얼씨구!'를 외치곤 누사에게 입을 맞췄죠. 마치 내가 그 사람들이 기다리던 신호를 줬다는 듯이 수염이 빨간 키다리 몇 놈이 달려가 불을 껐죠. 여우 같은 여자들은 질겁한 척하며 소리를 지르기 시작하더군요. 하지만 곧 어둠 속에서 킥킥 웃는 소리가 들리고 깔깔거리고 아주 지랄 발광을 하더라고요. 그날 무슨 일이 있었는지는 오직 하느님만이 아시겠죠. 보스 양반, 이렇게 된 거랍니다. 하지만 내가 보기엔 하느님도 잘 모르셨던 것 같아요. 알았다면 번개를 쳐서 우리를 모조리 불태워 버리셨을 테니 말이에요. 남자와 여자가 뒤섞여 바닥에 뒹굴었죠. 나는 누사가 어디 있는지 찾았지만 찾을 수가 없었지. 그냥 손에 걸리는 여자 하나를 잡아 급한 불을 껐지. 새벽이 되어서야 난 내 아내를 찾아 그곳을 떠나려고 했어요. 여전히 어두워 잘 보이지 않았어요. 다리 하나를 잡고 끌어내 들췄지만 누사가 아니더군. 또 다른 다리도 아니었소. 한 사람, 또 한 사람, 이렇게 당겼지만 여전히 아닌 거요. 마침내 누사의 다리를 찾아 당겼소. 이 불쌍한 것은 두세 명의 뚱보들에게 깔려 빈대떡처럼 납작해졌더군. '누사, 갑시다.' '털외투를 잊지 마세요.' 그녀가 대꾸하며 가자고 하더군요. 그래서 우리는 떠났어요."

"그래서요?" 조르바가 입을 다무는 것을 보고 난 재촉했다.

"뭘 또 그래서라뇨." 조르바는 한숨을 쉬었다.

"나는 누사와 반년을 살았어요. 그 이후로 나는 두려움이 없어졌어요. 딱 한 가지만 두려웠어요. 악마나 하느님이 그 반년의 기억을 지워 버리면 어쩌나 하는 두려움이요. 내 말을 아시겠어요? 안다면 대답하쇼."

조르바는 눈을 감았다. 감상에 젖어 뭔가를 떠올리는 것 같았다. 그렇게 추억에 빠져드는 것은 처음 보았다.

"그 여자를 깊이 사랑했나요?" 내가 물었다.

그러자 조르바는 눈을 떴다.

"당신은 젊어요. 그러니 아직 이해할 수 없을 거예요. 좀 더 머리가 희끗해지면 그때 이 영원히 끝나지 않는 주제에 대해 다시 이야기합시다."

"영원히 끝나지 않을 주제요?"

"여자 말이에요. 도대체 몇 번이나 말해 줘야 알아듣나요? 여자란 절대 끝나지 않을 주제요. 오늘 보스 양반은 암탉들 위에 올라갔다 내려와서 목을 부풀리고 똥 더미 위에 올라가서 꼬꼬댁 대며 폼 잡는 수탉과 같아요. 암탉을 제대로 보는 게 아니라 암탉의 볏만 보지. 그러니 사랑에 대해 뭘 알겠소."

조르바는 가소롭다는 듯이 침을 뱉었다. 그러고는 내가 보기 싫은 듯 돌아앉았다.

"그래서요. 누사는 어떻게 되었나요?"

조르바는 바다를 바라보며 말을 이었다.

"어느 날 밤, 집에 돌아오니 그녀가 안 보였어요. 떠난 거죠. 며칠 전 잘생긴 젊은 군인이 마을에 나타났는데 그놈이랑 도망간 거지. 사라져 버린 거야. 심장이 둘로 쪼개질 것처럼 아팠어요. 그러나 난 금방 잊었어요. 당신은 빨강, 노랑, 검정 천 조각을 덧대고 철사로 꿰맨 돛을 본 적 있나요. 이 돛은 아무리 거센 폭풍이 불어도 찢어지지 않죠. 그게 바로 내 심장이죠. 1,000번 구멍이 뚫리고 1,000번 꿰맨. 끄떡없죠."

"누사에게 화나지 않았나요?"

"왜 화가 나요. 사람들이 뭐라건 여자는 사람이 아는 다른 존재요. 여자란 말로 설명할 수 있는 존재가 아닌데요. 모든 종교의 율법도 세상에선 잘못된 거죠. 여자를 그렇게 다뤄선 안 돼요. 안 되지. 그건 너무 가혹하고 불공정해요. 보스 양반, 내가 법을 만든다면 남자들과 여자들 법을 다르게 만들 거요. 남자들에겐 10개, 100개, 1,000개의 법을 만들 거요. 남자니까 잘 지킬 거예요. 여자들에겐 만들지 않을 거예요. 왜냐하면 여자란 말이오. 아주 연약한 존재예요. 누사의 건강을 위해 건배! 그리고 여자들을 위해서도 건배! 그리고 하느님께서 남자들을 좀 철들게 해 주시길!"

조르바는 포도주를 마시고 손을 들어 도끼질하듯 내리쳤다.

"하느님께선 우리 남자들을 철들게 해 주거나 아니면 우리 거시기를 수술해 주셔야 합니다. 그렇지 않으면 우리는 파멸할 겁니다."

8

천천히 그리고 은은하게 비가 내렸다. 하늘과 땅은 한없이 부드럽게 만났다. 짙은 회색 돌에 새긴 인도의 조각 작품이 생각났다. 남자가 한 팔로 여자를 껴안고 부드럽게 그리고 체념한 듯 사랑을 나누고 있었다. 세월이 조각 속 두 육체를 거의 먹어 치우다시피 했지만 곤충 한 쌍의 사랑이 보이는 것 같았다. 가는 빗줄기가 내리며 그들의 날개를 적셨고, 대지는 여전히 껴안고 있는 두 곤충의 몸을 삼키고 있었다.

나는 오두막에서 세상이 안개로 덮이고 바다가 푸른빛으로 반짝이는 것을 보고 있었다. 해변 이쪽 끝에서 저쪽 끝까지 사람도 배도 새도 없었다. 단지 흙냄새가 작은 창을 통해 들어오고 있었다.

나는 일어서서 구걸하는 거지의 손처럼 창밖으로 손을 내밀었다. 갑자기 눈물이 쏟아질 것 같았다. 축축한 대지에서 내 가슴으로 우울이 들어왔다. 그것은 나를 위한 슬픔이 아니라 좀 더 깊은 슬픔이었다. 어쩌면 공포와도 같았다. 동물이 한가롭게 풀을 뜯어 먹다가 눈에 보이는 것도 없는데 도망칠 구석이 없다는 것을 직감할 때 느끼는 그런 공포였다.

나는 소리쳐 울고 싶었다. 그러면 마음이 후련해질 것을 알았지만 부끄러워서 그러지 못했다.

구름은 갈탄광을 덮었고, 비스듬히 누워 있는 여인의 얼굴이 구름에 잠겼다.

가랑비가 내리는 슬픔으로 가득한 이 시간은 우리 영혼이 나비 한 마리가 되어 비에 젖어 땅속으로 가라앉은 것처럼 비장하고 관능적이었다. 빗물처럼 간직한 슬픈 기억들이 마음 속을 채우고 있었다. 친구들과의 이별, 잊힌 여인들의 미소, 날개를 잃은 희망들. 그런 희망들은 다시 애벌레가 되어 심장의 중심으로 기어들어가 그것을 삼키는 나비를 닮아 보였다.

머나먼 캅카스로 떠난 친구가 떠올랐다. 나는 이 비의 그물을 찢고 벗어나 슬픔을 버리려고 펜을 잡고 친구에게 말을 걸었다.

사랑하는 나의 친구여. 나는 지금 황량한 크레타섬에서 편지를 쓴다네. 이곳에서 나는 내 운명과 의기투합하고 있지. 나는 자본주의 사업가인 척, 갈탄 광산의 관리자인 척하는 행세를 하며 살고 있네. 이 게임이 성공하면 난 장난을 친 게 아니라 내 삶을 변화시키는 결정을 내린 것이라고 말할 참이야.

기억나나? 자네는 떠나며 나에게 책벌레라고 놀렸지. 나는 내 입장을 고집스레 지켜 왔지만 이젠 종이와 먹물을 잠시, 아니면 영원히 내던지고 구체화된 삶 속으로 뛰어들 거라는 결심을 했네. 그래서 나는 산 하나를 빌렸어. 광부들을 고용하고 곡괭이, 삽, 램프, 바구니, 손수레를 구했고 갱도를 열고 벌레처럼 꾸물거리며 들어가기도 했네. 이게 다 자네를 놀리기 위해서지. 자네가 말한 책벌레는 흙을 파고 땅굴을 만들고 두더지가 되어 있어.

자네가 나의 변화를 인정해 줬으면 좋겠네. 너는 종종 나를 네 학생이라 말하며 웃었지. 나는 진정한 스승의 의무가 무엇인지 잘 알고 지금 그 덕을 보고 있어. 즉, 학생들에게 배울 점을 최대한 끌어내려고 하지. 젊은이들이 선택한 방향을 보고 영혼의 뱃머리를 같은 곳으로 향하도록 돌리지. 그렇게 학생의 가르침으로 크레타섬에 왔네.

이곳에서 나는 큰 기쁨을 누리고 있다네. 모든 게 극히 단순하고 불멸할 요소로 채워져 있기 때문이지. 신선한 공기와 바다, 거친 빵, 한 명의 놀라운 뱃사람 신드바드가 내 앞에 앉아 입을 열어 이야기를 해 주면 세상이 넓어지지. 가끔은 자신을 표현하기 어려워지면 그는 공중으로 뛰어 춤춘다네. 춤으로도 안 되면 산투리를 꺼내 연주한다네. 어느 때는 그 노래가 거칠어 숨이 막힐 것 같아. 갑자기 우리 삶이 아무 의미도 없고 초라하다는 것을 깨닫게 되기 때문이네. 어느 때는 그 노래가 너무 슬퍼서 삶이 손가락 사이로 흐르는 모래처럼 덧없고 구원도 없다고 느껴지네. 내 영혼은 베틀 북처럼 한쪽 끝에서 다른 쪽으로 빠르게 움직이지. 바로 지금도 난 크레타섬에서 보낼 이 몇 달 동안 이렇게 천을 짰어. 하느님께서 날 용서하시기를. 하지만 난 행복하다네.

공자는 "많은 사람은 인간보다 높은 곳에서 행복을 찾으려고 한다. 하지만 행복은 오로지 인간과 같은 곳에 있다."라고 말했지. 맞는 말 같네. 모든 사람에게는 자기 키만 한 행복이 존재하지. 사랑하는 나의 학생이자 선생이여. 지금 나의 행복이 그러하네. 나는 지금 내 키를 재 보고 또 재 보지. 왜냐하면 사람의 키는 항상 같지 않고 계속 변하니까.

날씨에 따라, 침묵에 따라, 고독에 따라, 친구에 따라 사람의 영혼은 계속 변하거든. 여기 고독한 곳에서 사람들을 보고 있으니 자네와 달리 개미 떼로 보이진 않네. 오히려 반대로 짙은 탄산 가스로 가득한 창세기의 유독한 대기 속에 살고 있는 거대한 짐승, 공룡, 익룡 같은 존재로 생각되네. 자네가 말하던 '조국'과 '민족' 같은 개념과 내가 심취해 있는 '초국가'와 '인류' 같은 개념은 우주에선 찌꺼기지만 대기 속에선 동일한 의미를 갖지. 우리는 다양한 말을 발음하기 위해 시계처럼 태엽이 감겨 있다는 것을 알고 있지. 때때로 우린 헤어지기 직전에 단어도 아닌 '아.', '오.' 같은 탄성을 뱉기도 하거든. 아무리 위대한 사상도 그 속을 갈라 보면 겨로 가득 채우고 교묘하게 집어넣은 주석으로 만든 용수철이 들어 있는 인형들에 불과하다는 것을 깨닫지.

자네도 잘 알겠지. 과격하고 극단적인 생각들은 나에게 충격을 주기보다 내면의 불을 지피기 위한 불쏘시개일 뿐. 나를 겁나게 하지 않네. 나의 스승 부처가 주장하듯 '내가 보았기' 때문이네. 두 눈으로 보았기에 그렇게 의욕 넘치고 호탕한 연극 연출가와 합의했기에 나는 지금 지적 없이 이 역할을 연기할 수 있네. 왜냐하면 지금 이 역할은 나의 태엽을 감아 나를 조정하는 '그분'이 일방적으로 준 것이 아니기 때문이네. 나 스스로 선택했지. 나의 자유 의지로 내 안의 태엽을 감아 맡은 역할이네. 내가 '보았기' 때문이네. 나 스스로 하느님의 연극을 함께 만들었다네.

이렇게 내 눈으로 전 세계의 무대를 보면서 내가 하느님의 무대에서 연기하는 이 작품을 함께하고 있으니까 캅카스의 전설적 요새에서 자네가 연기하는 것도 보인다네. 위험에 처한 우리 민족 수천 명을 구하려고 싸우는 자네의 모습이 보여.

가짜 프로메테우스인 넌 기아, 추위, 질병, 죽음이라는 어두운 세력과 싸우며 고통받고 있지. 내 생각에 자네는 스스로 기특해하면서 어둠의 힘이 강하다는 것을 오히려 기뻐할 것 같네. 그래야 희망을 포기하고 살기로 결심한 자네의 생이 더욱 영웅이 되고 비극적 위대함을 얻을 테니까.

자네는 틀림없이 그러한 삶을 행복이라고 생각하고 있겠지. 그리고 자네가 그렇게 생각한다면 그런 것이지. 너도 네 몸에 맞는 행복을 택했고 지금 네 크기는—하느님을 찬양하리!—내 크기보다 훨씬 크네. 위대한 스승이라면 자신을 능가하는 제자를 만드는 것보다 즐거운 것은 없지.

나는 요즘 자주 잊어버리고 스스로 비하하고 갈 길을 잃어버리네. 나의 신앙은 불신의 조각들로 만들어진 모자이크네. 종종 한순간을 얻는 대가로 나머지 생을 온통 넘겨주는 거래를 하고 싶기도 해. 하지만 자네는 죽음의 순간까지도 방향타를 단단히 잡고 있겠지.

우리 둘이 이탈리아를 가로질러 그리스로 가던 날 기억하나? 그때 우리는 꽤 위험했던 폰토스 지방으로 가는 중이었지. 우리의 결심을 실행하기 위해 가다가 한 조그만 마을에서 황급히 내리지 않았나. 한 시간 뒤에 우리가 탈 기차가 도착할 예정이어서 시간이 많지 않았지. 우리는 역 근처 공원으로 갔어. 나무가 우거지고 활엽수와 바나나, 금속 같은 색의 대나무가 자라고, 한 꽃나무 가지는 벌들에게 포로로 잡혀 있었지.

우리는 꼭 꿈인 것처럼 황홀감에 빠져 말없이 걸었지. 그때 꽃길 모퉁이에서 처녀들이 나타났지. 처녀들은 무슨 책인가를 읽고 있었지. 그 처녀들 얼굴은 기억나지 않아. 단지 한 명은 금발이었고 한 명은 검은 머리였던 것, 둘 다 봄옷 차림이었다는 것만 기억나네.

꿈속처럼 우리는 용기를 내서 다가갔어. 자네가 말했지. "무슨 책을 읽고 계신지 모르겠지만 그 책에 대해 함께 토론해 볼까요."

그녀들이 읽고 있는 책은 마침 고리키(러시아의 작가)의 책이었네. 우리는 아주 빨리 대화했지. 가난과 정신의 반항과 사랑에 관해 논했지.

그때의 기쁨과 슬픔은 잊지 못할 거야. 우리는 그 짧은 시간에 마치 오래된 친구나 연인처럼 대화했지. 우리는 그녀들의 영혼과 육체에 대한 책임이 있는 사람들처럼 얘기했지. 하지만 몇 분 후면 이별해야 할 상황이어서 몹시 서둘렀지. 그때 흔들리던 대기는 사랑과 죽음의 폭풍으로 가득했지.

기차가 도착해 기적을 울렸네. 우리는 꿈에서 깨어난 듯 손을 내밀었지. 그때의 필사적이고 절망적인 악수를 어떻게 잊을 수 있을까. 우리의 손가락들은 헤어지고 싶지 않았지. 처녀 중 한 명은 창백해졌고, 다른 한 명은 웃는 얼굴이었지만 몸은 떨고 있었지.

그때 내가 너에게 한 말을 기억하고 있어. "그리스와 의무라는 것이 무슨 의미가 있지?" 나는 이렇게 물었지. "그리스, 조국, 의무는 아무것도 아니야. 하지만 아무것도 아닌 것들을 위해 목숨을 바칠 거야. 기꺼이."

왜 내가 이런 이야기를 쓰고 있겠나. 우리가 함께 보낸 순간들을 하나도 잊지 않았음을 보여 주려는 거야. 이 편지를 통해 감정을 억누르는 우리의 좋은, 어쩌면 나쁜 습관 때문에 같이 있던 시절에는 말하지 못했던 것들을 표출해 보고 싶었네.

지금 네가 내 앞에 없으니, 얼굴을 보지 못하니 우스운 사람으로 보일 염려가 없잖아. 그러니까 말할 수 있겠네. 내가 널 많이 사랑한다고 말하고 싶어.

나는 이렇게 편지를 마쳤다. 친구와 대화를 나누고 나니 가슴이 후련했다. 나는 조르바를 불렀다. 그는 비를 피하기 위해 큰 바위에 앉아 모형 케이블을 시험해 보고 있었다.

"조르바, 산책하러 같이 갑시다." 내가 소리쳤다.

"기분이 좋으신 모양이네요. 하지만 비가 오네요. 혼자 가면 안 되겠소?"

"기분이 좋아요. 그러니 이 기분을 망치고 싶지 않아요. 함께 가면 망칠 리 없죠. 갑시다."

그가 웃었다.

"보스 양반이 나를 찾다니 기쁘군요. 갑시다."

조르바는 내가 선물해 준 뾰족 모자가 달린 양털 코트를 입었다. 우리는 진창을 밟으며 마을로 갔다.

비는 그치지 않았다. 산봉우리들은 빗줄기에 가려져 있었다. 바람은 불지 않았고 돌들은 반짝였다. 갈탄광이 있는 언덕은 뿌연 안개에 가려 있었다. 언덕은 슬픔을 이기지 못한 여인처럼 보였다.

조르바가 중얼댔다. "보스 양반, 비가 오면 심사가 뒤틀리는 법이죠. 그러니 비에 신경 쓰지 말아요."

그는 담장 아래로 가다가 갓 핀 수선화 한 송이를 꺾었다. 그리고 한동안 그 꽃을 들여다보았다. 수선화를 처음 보는 것처럼 탐욕스레 살펴보다 눈을 지그시 감고 한숨을 쉬었다. 그러더니 내게 그 꽃을 건넸다.

"보스 양반, 들과 비와 꽃의 말들을 들을 수 있다면 얼마나 좋겠어요. 우리를 부르고 있을지도 몰라요. 언제 우리가 들을 수 있을까요? 언제쯤 우리가 들과 비, 꽃 그리고 사람들을 다 안을 수 있을까요? 당신 생각은 어때요? 당신이 읽은 책에서는 뭐라고 하던가요?"

나는 그의 말을 빌려 대답했다. "빌어먹을! 이렇게 쓰여 있어요."

그는 내 팔을 잡았다.

"보스 양반, 내 생각을 말해도 될까요? 화내지는 마쇼. 책을 다 불 질러 버려요. 당신은 바보가 아니고 착하니까 더 멋진 사람이 될지도 몰라요."

나는 속으로만 생각했다. '저 말이 맞아. 다 맞아. 하지만 난 그럴 수 없어.'

조르바는 잠시 뜸을 들이다 말을 이어 갔다.

"한 가지 내가 알고 있는 게 있다면……."

"무엇인가요? 말해 봐요."

"아닐 수도 있지만 아는 것 같은 느낌이에요. 나중에 기분이 좀 좋을 때 춤으로 대신 말해 드릴게요."

비는 더 세차게 내렸다. 우리는 마을에 다다랐다. 양치기 처녀들이 풀을 뽑던 양을 마을로 몰고 오고 있었다. 농부들은 밭을 갈다 소의 멍에를 풀고 남은 밭일은 하지 않았다. 아낙네들은 골목에서 아이들을 찾았다. 소나기가 내리자 마을 전체가 유쾌한 비명을 질렀다. 여자들은 소리를 지르긴 했지만 눈은 웃고 있었고, 남자들의 콧수염과 구불구불한 턱수염 끝에는 빗방울이 맺혀 있었다. 흙과 들과 풀에서는 비 냄새가 났다.

우리는 물에 빠진 생쥐 꼴로 카페 겸 정육점 안으로 들어갔다. 카페 안은 붐볐다. 카드로 블롯놀이를 하는 사내들이 있었고, 몇몇은 상대가 건너편에 있는 것처럼 큰 소리로 입씨름을 하고 있었다. 가장자리에는 노인들이 둘러 앉아 있었다. 소매통이 넓은 셔츠를 입은 아나그노스티 영감도 있었고, 물담배를 피우는 마브란도니 영감, 방금 카스트로에서 돌아와 대도시에 대해 떠들어 대는 덩치 큰 사내와 미소를 건네며 그의 말을 듣는 중년의 학교 선생 등이 있었다. 그리고 카페 주인은 스토브 위에서 끓고 있는 커피포트들에 시선을 고정한 채 이야기를 듣고 있었다.

우리를 본 아나그노스티 영감은 일어서서 반겼다.

"이리 와요. 동향 친구분들." 그가 말했다. "스파키아노니콜리스 씨가 우리에게 카스트로에서 보고 들은 걸 이야기하고 있었죠. 재미있으니 이리 와요."

그리고 카페 주인을 돌아보며 말했다.

"마놀라카스, 여기 라키 두 잔 주게."

우리는 자리에 앉았다. 시골 양아치는 낯선 사람을 보고는 간이 작아져 입을 다물어 버렸다.

교장 선생이 말을 계속 하라고 그에게 물었다. "니콜리스 대장, 극장에도 갔었나?"

스파키아노니콜리스는 큰 손을 내밀어 술잔을 잡고 한입에 들이켜고는 용기가 생겼는지 말을 이었다.

"그럼요. 당연히 갔죠. 어딜 가나 코토폴리가 이렇고 저렇고 말들이 많아요. 나도 보고 싶어서 봐야겠다고 생각했죠."

"젊은이. 보니까 어땠나? 빨리 좀 이야기해 봐. 궁금하네." 아나그노스티 영감이 채근했다.

"별거 아닙니다. 내 신앙을 걸고 말하지만 별거 아니더라고요. 오늘 대단한 걸 보겠구나 기대했는데 돈만 버린 것 같습니다. 극장은 의자, 촛대, 그리고 사람으로 가득한 큰 타작마당처럼 둥근 카페더라고요. 불빛이 휘황찬란하고 사람들이 북적거렸죠. 처음엔 어두워서 보이지 않아 속으로 '젠장, 악마나 있을 곳이다. 여기 있는 놈들이 내게 마법을 걸려 하는군.' 이렇게 생각했어요. 그런데 까불거리는 여자 하나가 날 잡아끌더군요. '어디로 데려가는 거야?'라고 물어봤어요. 하지만 그녀는 대답도 없이 날 계속 끌고 가다가 뒤를 돌며 '앉아요.'라고 하더라고요. 그래서 앉았죠. 앞이고 옆이고 사람이 꽉 차 있었어요. 속으로 이렇게 생각했어요. '이러다가 숨이 막혀 죽겠다. 공기가 모자라서 죽겠어.' 저는 옆 사람에게 물어봤어요. '저기요, 페르마 돈나('프리마 돈나'를 잘못 발음한 것임)가 나옵니까?' '저기 안쪽에서요.' 그 사람은 커튼을 가리키며 말해 주더군요. 그 사람 말처럼 모두 그곳을 보고 있었어요. 종이 울리고 커튼이 열리자 사람들이 코토폴리라고 부르는 게 정말 나타났어요. 코토폴리는 병아리가 아니고 여자였어요. 이런저런 잡동사니를 잔뜩 지고 다니는 여자였어요. 그 여자는 이리저리 돌아다니며 위아래로 흔들다가 아래위로 흔들더라고요. 그러다가 사람들이 박수를 쳐 대니 여자는 사라졌어요."

마을 사람들이 '하하' 하며 웃었다. 스파키아노니콜리스는 민망해했다.

"비가 많이 오네요!" 그는 화제를 바꾸고 싶어 소리쳤다.

모두들 밖으로 시선을 돌렸다. 바로 그때 한 여인이 젖은 머리카락을 어깨까지 늘어뜨리고 검정 치마를 무릎까지 걷어 올린 채 빗속을 달려가고 있었다. 옷이 착 들러붙어 펄떡거리는 물고기처럼 탄탄한 몸을 드러낸 채 도발적으로 몸을 흔들며 뛰어갔다.

나는 놀랐다. 야수처럼 느껴졌다. 그녀가 마치 사람을 잡아먹는 암컷 호랑이처럼 느껴졌다.

여자는 잠깐 고개를 돌려 카페 안으로 시선을 던졌다. 그녀의 얼굴은 붉게 상기되어 있었다.

"아이고, 하느님." 창가에 있던 솜털이 보송보송한 시골 총각이 중얼거렸다.

"저주받을 발정 난 년." 시골 경찰인 마놀라카스가 버럭 소리를 질렀다. "저주가 내릴지어다. 사내들 사타구니에 불을 지르다니."

창가에 있던 젊은이는 노래를 시작했다. 처음에는 조심스레 불렀지만 점점 목소리가 커졌다.

> 과부의 베개에서는 모과 냄새가 난다네.
> 그 냄새를 맡아 봤다네. 그 뒤로 나도 잠을 못 이룬다네.

"닥쳐라!" 마브란도니가 물담뱃대를 휘두르며 소리쳤다.

젊은이는 머쓱해서 입을 닫았다. 머리가 긴 노인이 시골 경찰인 마놀라카스에게 허리를 구부려 속삭였다.

"자네 삼촌이 다시 뿔이 났구먼. 저 영감 손에 넘어가면 저 여자는 아주 요절나고 말 거야. 하느님, 저 불쌍한 여자에게 자비를!"

"이봐요. 안드롤리오스 영감, 당신도 저 과부 꽁무니를 따라다니는 걸로 아는데 안 부끄럽소? 명색이 교회지기란 사람이."

"내가 한 말은 하느님이 저 여자에게 자비를 베푸시길 바란 걸세. 요즘 우리 마을에 태어나는 애들이 어떤 애들인지 모르는군. 걔들은 그냥 갓난아기가 아니라 천사일세. 저 여자는 마을 전체의 안주인이네. 다들 불을 끄면 안고 있는 것이 마누라가 아니라 저 과부이길 상상하지. 그렇게 우리 마을에 천사들이 태어나는 거라고!"

한동안 말을 안 하던 안드롤리오스 영감이 중얼거렸다.

"저 여자를 안는 사람은 복도 많지. 내가 마브란도니의 아들 파블리스처럼 스무 살이었다면 얼마나 좋을까."

"이제 그 여자가 반대 방향으로 지나갈 걸세." 누군가 이렇게 말하며 웃었다.

모두가 문 쪽을 보았다. 비가 세차게 쏟아지고 있었다. 굵은 빗방울들은 자갈 위로 떨어지며 소리를 냈다. 가끔 번개가 하늘을 갈랐다. 조르바는 과부가 지나갈 때마다 정신을 제대로 차리지 못했다. 조르바는 내게 신호를 보냈다.

"보스 양반, 비가 그쳤네요. 갑시다." 그가 말했다.

그때 맨발의 소년 하나가 산발머리를 하고 커다란 눈을 굴리며 문 앞에 나타났다. 성화 작가들이 그린, 굶주림과 기도로 눈이 커진 세례 요한의 모습과 닮아 있었다.

"어서 오너라. 미미토스." 몇몇이 소년을 부르며 웃었다.

마을에는 바보 한 명은 있는 법이다. 없으면 심심풀이로 만들어 내기도 한다. 미미토스는 바로 이 마을의 바보였다.

미미토스는 소리쳤다. "여러분, 과부 수르멜리나께서 암양을 잃었대요. 누구든 양을 찾아 주면 보상으로 포도주 두 되를 주겠대요."

"이놈아. 꺼져!" 다시 마브란도니의 목소리가 들렸다. "나가! 꺼져!"

미미토스는 겁을 먹고 움츠러들었다.

"미미토스야, 이리 와서 라키 술 한잔 들어 보렴." 미미토스를 불쌍하게 여긴 아나그노스티 영감이 말했다. "바보가 없다면 우리 마을이 뭐가 되겠나?"

그때 푸른 눈에 솜털이 보송한 청년이 문을 열고 들어왔다. 그의 머리에서는 물이 뚝뚝 떨어졌다.

"파블리스, 어서 오게." 마놀라카스가 소리쳤다.

마브란도니 영감은 아들을 보고 인상을 썼다. 그는 속으로 중얼거렸다.

'저런 놈이 내 자식이라니. 지지리도 못난 놈. 저놈 목덜미를 잡아서 문어처럼 패대기쳤으면 좋겠구나.'

조르바는 뜨거운 벽돌 위 고양이처럼 앉아 있었다. 과부가 그의 마음에 불을 질러 더 이상 벽에 갇혀 있을 수 없는 것 같았다.

그는 다시 속삭였다.

"보스 양반, 나갑시다. 답답해서 숨을 못 쉬겠어요."

그의 눈에는 구름이 걷히고 해가 나온 것처럼 보이는 모양이었다.

조르바는 카페 주인에게 물었다.

"저 과부는 누구요?" 별 관심 없다는 말투였다.

"한 마리 암말이지요." 콘도마놀리오가 답했다.

그러고는 조용히 하라며 마브란도니를 가리켰다. 마브란

도니 영감은 바닥에 눈을 내리깔고 있었다.

"한 마리 암말이고말고. 하지만 죄가 되기 싫다면 더 이상 저 여자에 대한 얘긴 하지 맙시다."

마브란도니 영감은 일어나 물담뱃대 줄을 목에 감았다.

"실례합니다. 난 이제 집으로 가겠소. 파블리스, 집으로 가자."

그는 아들을 데리고 나갔다. 두 사람은 우리 앞을 빠르게 지나갔다. 마놀라카스도 일어나 그를 따라갔다. 콘도마놀리오도 곧바로 일어나 마브란도니의 의자에 앉았다.

콘도마놀리오는 속삭였다.

"마브란도니는 망했어. 저 영감은 화병으로 죽을 거야. 내가 이 두 귀로 파블리스가 제 아버지에게 하는 말을 똑똑히 들었어. '만약 저 여자와 결혼할 수 없다면 난 죽을 거예요.' 글쎄 이러더라니까. 그런데 저 여자는 파블리스는 거들떠도 안 보지. 집에 가서 콧물이나 닦으라고 했다나……."

"갑시다." 조르바는 다시 말했다. 그는 과부 이야기만 들으면 달아오르는 것 같았다.

수탉들이 울어 댔다. 비가 조금씩 잦아드는 것 같았다.

"이제 갑시다." 나는 대답하고 일어섰다.

미미토스는 구석 자리에서 일어나 우리 뒤를 따라나섰다.

돌들이 빗물에 반짝이고 있었다. 문들은 비에 젖어 새까맸다. 나이가 많은 노파들은 바구니를 들고 달팽이를 주우러 나왔다.

미미토스가 내게 다가와 팔을 붙잡으며 말했다.

"선생님, 담배 하나만 주시겠어요? 제게 담배 한 대 주시면 선생님은 어딜 가든 사랑받으실 거예요."

내가 담배를 내밀자 미미토스는 햇볕에 그을린 앙상한 손을 내밀었다.

"불도 주세요."

불을 건네자 그는 담배에 불을 붙이고 눈을 감은 채 연기를 들이마셨다.

"끝내주네요." 미미토스가 중얼거렸다.

"어디로 가는 거냐?" 내가 물었다.

"과부댁 정원으로 갑니다. 암양 찾는 소식을 전하면 내게 음식을 주겠다고 했거든요."

우리는 빠른 걸음으로 걸었다. 구름이 걷히며 마을 전체가 말갛게 씻겼다.

"미미토스, 넌 과부를 좋아하니?" 조르바가 한숨을 쉬며 물었다.

미미토스는 키득거리며 웃었다.

"아저씨, 저라고 좋아하지 않겠어요? 나는 뭐 시궁창에서 안 나왔나요?"

"시궁창?" 나는 놀라서 물었다. "미미토스, 시궁창이라니? 무슨 뜻이냐."

"아, 그건 엄마 배 속이라는 소리죠."

나는 깜짝 놀랐다. 셰익스피어나 그 정도의 창의성이 있는 시기에나 탄생의 어둡고 역겨운 신비를 표현하는 데 어둡고 노골적인 표현을 할 수 있을 것이라 생각했다.

나는 미미토스를 보았다. 약간 사팔뜨기인 눈이었다.

"미미토스, 넌 하루를 어떻게 보내니?"

"어떻게 지낼 것 같으세요? 나는 정승처럼 살아요. 아침에 일어나 빵 한 조각을 먹죠. 그러고 나서 짐꾼 일을 합니다. 거름을 실어 나르고, 말똥을 줍고. 그리고 내겐 낚싯대도 있죠. 나는 레니오 아줌마 집에 살아요. 그녀를 아실 거예요. 모두가 그녀를 알죠. 저녁이 되면 집으로 와 한 접시 정도의 음식을 먹고 포도주가 있으면 마십니다. 포도주가 없으면 물을 마셔요. 그러면 내 배가 동그래지죠. 잘 자라는 뜻인 거죠."

"미미토스, 결혼할 거야?"

"결혼이요? 미쳤어요? 내 머릿속에 온갖 걱정을 집어넣으려고 하세요? 마누라는 구두를 사 달라고 할 텐데 그걸 어디서 구해요."

"신발이 없니?"

"당연히 신발은 있죠. 작년에 남자 하나가 죽었는데 그때 우리 레니오 아줌마가 시체 발에서 벗겨 온 신발이 하나 있죠. 난 그 신발을 부활절 하고 교회에 갈 때만 신어요. 나올 땐 얼른 벗어서 목에 걸고 집에 돌아오죠."

"미미토스, 넌 뭘 제일 좋아하니?"

"빵이죠. 내가 빵을 얼마나 좋아하는데요. 밀로 만든 빵은 말할 것도 없고요. 그다음은 포도주, 그다음은 잠자는 거요."

"여자는?"

"휴우, 먹고 마시고 그리고 잠자는 거예요. 나머지는 걱정거리뿐이에요."

"그럼 과부는?"

"과부는 악마가 데려 가라고 하세요. 그게 선생님에게도 좋아요."

미미토스는 침을 세 번 뱉고 성호를 그었다.

"글 읽을 줄 아니?"

"맙소사. 난 그런 바보가 아니에요. 어릴 때 학교로 끌려갔죠. 하지만 얼마 지나지 않아 장티푸스에 걸려 난 바보가 됐죠. 그렇게 난 구원받았어요."

조르바는 우리 대화에 조금도 흥미가 없었다. 그는 과부 이외에는 어떤 것도 생각하고 있지 않았다.

"보스 양반……." 그가 나의 팔을 잡았다. 그리고 미미토스에게 말했다.

"우리 둘이 할 이야기가 있으니 먼저 가거라."

조르바는 소리를 낮췄다.

"이쯤에서 보스 양반에게 남자 망신시키지 말라고 말하고 싶네요. 신과 악마가 이 기막힌 음식을 당신에게 내린 겁니다. 당신에겐 치아도 있죠. 그럼 이를 박아요. 손을 내밀어 과일을 먹어요. 조물주가 손을 왜 만들었겠어요? 난 인생을 살면서 별별 여자를 다 봤어요. 그렇지만 저 여자는 교회도 무너뜨릴 거예요."

"난 문제를 일으키는 건 딱 질색이에요." 나는 짜증을 내며 대답했다.

내가 짜증이 난 것은 나 역시 마음 깊은 곳에서 내 앞을 지나간 발정 난 암컷 같은 그 몸뚱어리를 갈망하고 있었기 때문이다.

"문제를 일으키고 싶지 않다고요? 그럼 대체 뭘 원하는 거요?" 조르바는 놀란 듯 말했다.

"산다는 것이 문제투성이에요." 내가 대답하지 않자 조르바는 계속 말했다. "죽으면 문제가 없죠. 사람이 산다는 것이 무엇인지 아나요? 허리띠를 풀고 문제를 만드는 것이 삶이오."

나는 아무 대답도 하지 않았다. 조르바의 말이 옳다는 것을 나는 알고 있었다. 그러나 내게는 용기가 없었다. 내 인생은 이미 길을 잘못 들어 다른 사람들과의 접촉은 이미 독백이 되어 가고 있었다. 나는 그렇게 길을 이탈하고 있었다. 만약 여자와 사랑에 빠지는 것과 책을 읽는 것 중에 선택해야 하는 상황이 온다면 나는 책을 선택할 정도였다.

"보스 양반. 계산은 그만두쇼. 숫자 놀이는 그만두고 저울을 부숴 버려요. 구멍가게를 때려치워야 할 때예요. 지금이야말로 당신의 영혼을 구제할 수 있는 기회라고요. 보스 양반, 내 말을 들어요. 손수건을 꺼내 지폐가 아닌 금화 2, 3리라를 넣고 매듭을 묶어 미미토스 편으로 과부에게 보내쇼. 그리고 과부에게 이렇게 말하라고 시키세요. '선생님께서 안부를 물으시며 이 손수건을 보내셨습니다. 마음을 담아서 보내는 거래요. 그리고 없어진 암양은 걱정하지 말래요. 그 양이 없어도 선생님이 계시니 겁낼 필요 없다고요. 카페 앞을 지나가는 부인을 보고 상사병에 걸리셨는데 부인만이 치료해 줄 수 있다고 하셨습니다.' 아시겠어요? 그렇게 하고 바로 다음 날 저녁, 그 집에 가서 문을 두드리세요. 쇠뿔도 단김에 빼야죠. 가서 과부에게 길을 잃었다고 하세요. 어두워졌으니 등잔불 하나만 빌려 달라고요. 아니면 갑자기 어지러우니 물을 좀 마실 수 없겠느냐고 해도 됩니다. 제일 좋은 방법은 암양을 사서 찾아가는 거죠. 그리고 이렇게 말하는 겁니다. '부인, 여기 부인께서 잃어버린 암양이 있습니다. 제가 부인 대신에 찾았죠.' 들어 봐요. 그러면 과부는 당신에게 보답하고 당신은 들어가서……. 아이고, 내가 당신을 말에 태워 몰아 줄 수만 있다면, 당신은 말을 탄 채 천국으로 들어가는 거예요. 다른 천국은 없어요. 신부가 하는 말은 믿지 말아요."

어느새 과부네 집 정원 가까이 다가갔다. 그러자 미미토스가 한숨을 쉬며 더듬거리는 목소리로 슬픔을 노래하기 시작했다.

> 밥 먹을 땐 포도주를 원하고 호두 먹을 땐 꿀을.
> 사내아이는 여자아이를, 여자아이는 사내아이를…….

조르바는 성큼성큼 걸어 나가며 콧구멍을 벌렁거렸다. 그리고 갑자기 걸음을 멈추고는 숨을 깊이 들이켜고 나를 빤히 봤다. "어때요?" 그가 물었다.

그는 초조하게 나의 대답을 기다렸다.

"그만둡시다!" 나는 매정하게 대답하고는 발걸음을 재촉했다.

조르바는 고개를 흔들며 내가 알아듣지 못할 소리로 중얼거렸다.

오두막에 도착하자 조르바는 다리를 꼬고 앉아 산투리를 무릎 위에 두고 깊은 명상에 빠져들었다. 그는 어떤 곡을 연주할지 고르는 것 같았다. 마침내 노래를 고른 그가 슬프고 고통이 가득 찬 음조의 노래 한 곡을 연주하기 시작했다.

그는 연주하며 나에게 눈길을 줬다. 차마 내게 말로 할 수 없는 이야기를 산투리를 통해 하는 것 같았다. 내가 인생을 허비하고 있다고, 과부와 나는 태양 아래 겨우 한순간을 살다 영원히 사라질 벌레일 뿐이라고. 이제 기회는 없다! 기회는 없다!

조르바가 벌떡 일어났다. 그는 문득 자신의 노력이 헛되다는 것을 깨달았다. 벽에 등을 기대고 앉은 그는 담배에 불을 붙였다. 얼마 후 그는 이렇게 말했다.

"보스 양반, 당신에게 어떤 호자(터키의 성인(聖人)을 가리키는 말)가 살로니카에서 내게 해 줬던 이야기를 들려줄게요. 해 봐야 소용없을지 모르지만 해야겠어요. 나는 그때 살로니카에서 행상을 하고 다녔죠. 나는 여기저기를 떠돌며 실타래, 마늘, 성인전(聖人傳, 그리스도교의 성인이나 순교자의 전기, 사적 등을 기록한 서적의 총칭), 유향(감람과에 속하는 유향 나무의 수액을 건조시켜 만든 약재), 후추 등을 팔았어요. 당시 내 목소리는 꾀꼬리 같았죠. 여자들은 목소리에 반하죠. 안 반하는 년들은 잡년이죠. 여자 속은 하느님 아니면 모르죠. 추남이든 절름발이든 곱사등이든 목소리 하나만 근사하면 노래로 여자를 홀딱 빠지게 만들 수 있어요. 나는 그렇게 행상을 다니며 터키인 거주 지역으로 들어갔어요. 내 목소리가 돈 많고 매력 있는 이슬람교도 여자를 홀려 놓은 모양이에요. 그래서 나이 많은 호자를 불러 금화 한 움큼을 쥐어 주며 말했죠. '아이고, 저 행상하는 이교도를 좀 데려다 주게. 제발.' 호자가 내게 와서 말했어요. '이봐, 이교도 젊은이. 나랑 가게.' '가다니 어디를요?' '샘물처럼 순결한 귀부인이 자기 방에서 자네를 기다리고 있네.' 하지만 난 그때 터키에서 밤에 기독교인들을 죽인다는 걸 알고 있었어요. '싫어요. 안 갑니다.' 그랬더니 호자가 그러더군요. '하느님이 두렵지 않나. 이 이교도 풋내기야.' '내가 무엇 때문에 두려워합니까.' '어떤 놈이든 여자와 사랑을 나눌 수 있었는데도 사랑을 나누지 않으면 그건 큰 죄를 짓는 거야. 심판의 날에 여자는 하느님 앞에서 한숨을 쉴 거고, 그 한숨 하나면 자네가 아무리 좋은 일을 많이 했어도 바로 지옥행이네.'"

조르바는 한숨을 쉬었다.

"지옥이 있다면 난 아마 지옥에 갈 겁니다. 바로 그 이유 때문에. 내가 도둑질을 하거나 살인을 하거나 간통을 해서가 아니라요. 이런 건 아무것도 아니죠. 어느 날 여자가 침대에서 날 기다렸는데 가지 않았으니 나는 지옥으로 떨어질 겁니다."

조르바는 일어나 불을 지피고 음식을 장만했다. 그는 이따금 나를 흘겨보며 비웃듯 미소를 지었다.

"귀머거리 집 문을 두들겨 봤자지."

그는 그렇게 중얼거리고는 몸을 숙여 젖은 나무에 부채질을 했다.

9

하루하루 해는 짧아지고 햇빛은 일찍 사라졌다. 오후가 되면 사람의 마음도 우울해졌다. 겨울철 일찍 지는 해를 보는 원시인들의 두려움이 떠올랐다. '해가 지고 나면 내일은 안 뜰지도 몰라.' 원시인들은 이렇게 생각하며 절망한 채 언덕에 올라 해가 뜨기를 바라며 밤을 지새웠다.

조르바는 이런 공포를 나보다도 심하게 더 원시적으로 겪었다. 그는 그 불안에서 벗어나려고 밤하늘에 별이 반짝일 때까지 갱도에서 나오지 않았다.

그는 아주 질 좋은 광맥 하나를 찾아내는 데 성공했다. 이 광맥은 그의 마음속에서 번개 같은 속도로 여행과 여자들과 새로운 모험을 떠날 이유으로 바뀌었다. 그는 언젠가 돈을 많이 벌어 수많은 날개를 달고—그는 돈을 날개라고 불렀다.—

하늘을 날아갈 꿈을 꾸었다. 적당한 기울기를 찾아 천사들이 붙들고 있는 것처럼 부드럽고 미끈하게 내려 줄 케이블 실험을 계속했다.

어느 날 조르바는 색연필과 커다란 종이 한 장으로 산, 숲, 케이블, 케이블에 고리로 매달린 목재들, 그리고 목재마다 날개가 달린 그림을 그리기도 했다. 둥근 해안을 가진 항구에는 검은 배들이 있었고, 그 위에 작은 앵무새를 닮은 초록색 선원들이 타고 있었다. 그림 네 귀퉁이에는 수도승들이 그려져 있었는데, 그들의 입에서는 대문자로 "하느님, 당신이 이룩하신 역사가 놀랍도다!"라고 쓴 장밋빛 리본이 흘러나오고 있었다.

지난 며칠, 조르바는 서둘러 불을 지펴 요리하고 저녁 식사를 했다. 그리고 마을로 사라졌다가 한참 지난 후 우울한 표정으로 돌아오곤 했다.

"이 밤에 어디 다녀오시는 거예요?" 그때마다 나는 물었다.

"빌어먹을. 참견 마세요." 그는 이렇게 대답하고는 대화 주제를 바꾸었다.

어느 날 저녁, 그는 돌아와서 안절부절못하며 내게 물었다.

"하느님은 존재하나요, 존재하지 않나요? 어떻게 생각하나요? 만약 존재한다면 어떤 존재라고 생각하나요?"

나는 어깨를 들썩일 뿐 아무 대답도 하지 않았다.

"내 생각에는 말이오. 하느님은 나하고 똑같이 생겼을 것 같소. 다만 나보다 힘이 세고 키가 크고 좀 더 엉뚱할 뿐. 그분은 부드러운 양가죽 위에 앉아 빈둥거릴 거예요. 그분의 오두막은 천국이니 우리 오두막처럼 석유 깡통이 아니라 구름으로 만들어졌을 것 같소. 하느님은 오른손에 칼이나 저울을 들고 있지 않아요. 비구름같이 물을 잔뜩 머금은 스펀지 행주를 들고 있소. 하느님 오른쪽에는 천국이, 왼쪽에는 지옥이 있을 거요. 육신을 잃어 홀딱 옷을 벗은 혼령이 오면 하느님은 그 놈을 관찰하다가 도깨비인 척 입을 가리고 몰래 웃으실 겁니다. '네 이놈, 이리 오너라.' 하느님이 목소리를 낮게 깔고 이렇게 말하면서 죄를 하나하나 들춰내죠. 그러면 혼령은 하느님 발 앞에 엎드려 이렇게 소리치겠지. '아멘. 아멘. 제가 죄를 지었나이다.' 그리고 아주 열정적으로 자신의 죄를 처음부터 끝까지 고백해요. 얘기는 끝나지 않죠. 하느님은 지루해서 하품하지. '그만 하거라.' 하느님이 소리치죠. '그만 하래도! 네 놈의 시끄러운 소리에 돌아버릴 것 같구나.' 그리고 스펀지 행주로 문질러 죄를 모조리 닦아 버리시는 거죠. '이제 천국으로 가거라. 베드로, 이 불쌍한 것들을 모두 천국으로 넣어 줘라.' 보스 양반, 당신이 알아야 할 건 하느님이 대단한 귀족이라는 거요. 귀족이라는 게 뭐겠소. 용서할 줄 안다는 거죠."

그날 저녁 조르바가 이런 얘기를 할 때 나는 속으로 비웃었다. 하지만 그날 이후 그 거룩하고 친절하고 전능한 귀족은 내 안에서 살이 붙기 시작하다가 나의 내면에 확고히 자리 잡고 있었다.

비가 내리던 저녁, 조르바는 오두막 화로에서 밤을 굽다가 대단한 비밀을 파헤치려는 듯 나를 보았다. 그러다가 참지 못하겠다는 듯 입을 열었다.

"보스 양반, 알다가도 모를 일이오. 당신은 왜 내 귀를 잡아 집 밖으로 던지지 않는 거죠? 내 별명이 '흰 곰팡이'였다고 하지 않았소. 어디를 가든 모든 걸 엉망진창으로 만들어 버리고 말았으니까. 그러니 당신 사업도 망쳐 버릴 수 있어요. 그래서 말인데 날 내쫓아요."

"당신이 좋아요. 그러니 더 이상 부탁하지 마세요." 내가 대답했다.

"하지만 내 머리가 제대로 돌아가지 않아요. 너무 나사가 꽉 끼워져 있는 건지, 아니면 느슨하게 풀린 건지 알 수가 없어요. 중요한 건 분명 제대로 끼워져 있지 않다는 거죠. 내가 과부 얘기를 하면 알게 될 거요. 요즘 며칠 동안 과부를 생각하면 마음이 불편했소. 나 때문이 아니오. 절대로. 맹세해요. 난 그 과부를 만질 생각도 없소. 그 여자는 내가 먹기엔 고급스러워요. 하지만 난 그 여자가 외롭게 혼자 자는 게 싫어요. 그건 옳지 않아요. 그걸 못 견디겠어요. 그래서 난 밤마다 나가서 과부의 과수원 주변을 다녀요. 그게 바로 내가 사라졌던 이유요. 난 밤이면 그녀가 어딜 다녀오는지, 어떤 놈이 그녀와 함께 뒹구는지 살펴보러 갔어요. 그래야 나도 편하게 잘 수 있을 것 같아서."

나는 웃었다.

"보스 양반, 웃지 마쇼. 만약 여자가 혼자서 잔다면 그건 우리 남자들 모두에게 책임이 있는 거예요. 우리 모두는 하느님의 심판장에서 다 털어놓아야 해요. 전에 얘기했듯 스펀지 행주를 들고 있다가 모든 죄를 깨끗이 용서해 주시지만 이 죄만은 용서하지 않아요. 여자랑 잘 수 있는데도 자지 않은 사내놈들에게 저주가 있을 거예요. 남자랑 잘 수 있는데 자지 않은 여자도 마찬가지고요. 호자가 내게 한 말을 기억하시라고요."

이렇게 말한 조르바는 잠시 침묵하다가 물었다. "사람이 죽으면 다시 태어날 수 있을까요?"

"그럴 것 같지 않아요, 조르바."

"나도 그렇게 생각해요. 하지만 만약 다시 태어난다면 지금 우리가 얘기하고 있는 사내놈들, 자신이 봉사해야 할 일을 거절한 사내놈들은 아마 다시 태어날 때 남자 구실 못하는 노새로 태어날 거요."

조르바는 입을 다물더니 생각에 잠겼다. 그러다가 갑자기 입을 열었다. "혹시 압니까? 우리가 여기서 보는 노새들은 모조리 그런 얼간이들이었을 수도 있겠네요. 사는 동안 사내면서 사내답게 살지 못하고 여자면서 여자답게 살지 못하고 노새가 된 건지. 그래서 그렇게 노새처럼 멍청한 건지. 보스 양반은 어떻게 생각하쇼?"

"음, 조르바. 오늘은 머리가 좀 덜 돌아가는군요." 나는 웃으며 대답했다. "가서 산투리를 가져와요."

"보스 양반, 섭섭해하지 말아요. 오늘 밤엔 산투리가 없어요. 내가 지금 헛소리를 지껄이고 있잖소. 왜 그러냐면 내 마음에 근심과 걱정이 많아서 그래요. 새 갱도 덕분에 새 일이 생겨나는데 산투리를 연주하라뇨."

말을 마친 조르바는 화로에서 밤을 꺼내 내 손에 쥐어 주고 술잔에 라키를 채웠다.

"하느님께서 우리를 오른편에 앉히시길!" 내가 술잔을 부딪치며 말했다.

"하느님께서 우리를 왼편에 앉히시길!" 조르바가 정정했다. "지금까지 오른편에서 좋은 일이 생긴 적이 없어요."

조르바는 독한 술을 단숨에 마시더니 침대에 바로 누웠다.

"내일은 힘을 많이 써야 해요. 악마 수천 놈과 싸워야 하니까요. 잘 자요."

조르바는 다음 날 아침 일찍 갈탄광으로 갔다. 인부들은 아주 좋은 광맥에 새로운 갱도를 열었다. 그런데 천장에서 물이 떨어져서 인부들은 진흙 강에서 질퍽거리고 있었다.

며칠 전 조르바는 갱도를 떠받칠 지지대로 사용하기 위해 나무를 잘라 왔지만 걱정이 많았다. 통나무들이 하중을 견딜 만큼 충분히 굵지 못했고, 튼튼하지 않았기 때문이다. 조르바는 지하에서 일어나는 일들을 직접 몸으로 겪으며 얻은 탁월한 본능으로 버팀목이 안전하지 않다고 느끼고 있었다. 천장 쪽 하중이 너무 무거워 마치 한숨을 내는 듯한 소리가 들리는 것 같았다. 게다가 오늘은 또 다른 징조가 조르바를 불안하게 했다. 그가 갱도로 내려가려고 준비하는 순간, 마을의 사제인 스테파노스 신부가 노새를 타고 지나갔다. 신부는 죽어 가는 수녀를 위해 종부 성사를 앞두고 있었다. 신부를 보자마자 조르바는 다행히 얼른 자기 가슴팍에 침을 세 번 뱉을 수 있었다. "안녕히 주무셨습니까?" 조르바는 신부의 인사에 어색하게 대꾸했다. 잠시 뒤 조르바는 이렇게 속삭였다.

"이 악마 녀석, 넌 내 뒤로 물러서라."

하지만 이러고 나서도 잠재적인 재앙을 물리치기가 어렵다고 느꼈는지 걱정이 많은 상태에서 새 갱도로 들어갔다. 갱도에서는 갈탄과 아세틸렌(무색의 마늘 냄새가 나는 가스) 냄새가 났다. 인부들은 며칠 전부터 통나무 지지대로 갱도를 안정시키고 있었다. 조르바는 무뚝뚝하게 인부들에게 아침 인사를 건넸다. 그런 후 바로 소매를 걷어붙이고 일을 시작했다.

열두 명 남짓한 인부들은 곡괭이로 광맥을 파서 갈탄을 자신들 발밑에 쌓아 뒀다. 다른 인부들은 갈탄을 삽으로 퍼서 날랐다. 조르바는 갑자기 일을 멈추더니 모두에게 조용히 하라는 손짓을 했다. 그리고 귀를 쫑긋 세웠다. 마치 기수가 말과 하나가 되거나 선장이 배와 하나가 되듯, 탄광과 하나가 되어 그의 몸 깊숙이 뻗는 혈관처럼 느꼈다. 조르바는 정맥의 핏줄이 갈라지듯 탄광이 갈라지기 시작한 것을 느끼고 있었다. 그는 검은 석탄 덩어리들 때문에 볼 수 없는 것들도 인간의 명석함으로 볼 수 있는 능력을 가진 첫 번째 인간이었다. 그런 그가 골똘히 귀를 기울이고 있었다.

그 순간 나도 탄광에 도착했다. 나도 불길한 낌새 때문에 누군가에게 이끌려 온 것 같았다. 나는 잠자리에서 일어나 허겁지겁 밖으로 뛰어나왔다. 나도 모르게 어디로 가는지도, 왜 그러는지도 생각하지 않고 나왔다. 내 몸은 자연스레 탄광으로 갔다. 그리고 조르바가 예민하게 귀를 세우던 그때 정확하게 도착했다.

"아무것도 아니에요. 혹시나 해서……. 다들 일하시오."

조르바는 돌아서서 나를 바라보며 입술을 꾹 다물었다.

"이른 아침에 무슨 일이오? 밖에 나가 바람을 좀 맞아 봐요. 산책하기 좋아요."

"조르바, 무슨 일 있나요?"

"아니에요. 새벽에 신부를 마주쳤을 뿐이오."

"혹시 위험하다고 내가 여기서 나간다면 좀 부끄럽지 않을까요?"

"그렇겠군요." 조르바가 대답했다.

"당신도 나갈 건가요?"

"아니요."

"그렇다면 난 왜 나가라는 건가요?"

"내게는 나를 위한 기준과 다른 사람을 위한 기준이 달라요. 떠나는 것이 비겁하다고 생각한다면 그냥 여기 있어요. 가지 마쇼." 조르바는 퉁명스럽게 대꾸했다.

그는 망치를 들더니 까치발로 서서 천장을 받치고 있는 나무를 큰 못으로 박았다. 나는 아세틸렌 램프를 지지대에서 내려 질퍽한 탄광을 살펴봤다. 안은 어두웠고 숲은 가라앉아 있었다. 수백만 년의 세월이 흐르는 동안 대지는 자기 자식들을 되새김질해 씹고 소화시켜 탄맥으로 바꿔 버렸다. 숲이 석탄이 되었다. 그리고 조르바는 그것을 발견해 냈다.

나는 램프를 다시 제자리에 두고 조르바가 일하는 모습을 지켜봤다. 그는 다른 생각은 하지 않고 오로지 작업에만 열중했다. 대지와 곡괭이와 석탄과 하나가 된 모습이었다. 망치와 못들이 그의 몸의 일부가 되어 버팀목과 천장과 싸우고 있었다. 갱도에서 나가기 전 산에서 갈탄을 얻기 위해 산 전체와 싸우는 것이었다. 조르바는 정확하게 가장 약한 곳을 놓치지 않고 내리쳤다. 조르바의 온몸에는 갈탄이 묻어 오직 눈의 흰자위만 빛나고 있었다. 그가 적군의 눈을 속이고 요새를 장악하기 위해 갈탄으로 위장한 것이라고 생각했다.

"조르바!" 나는 나도 모르게 그를 불렀다.

하지만 조르바는 뒤를 돌아보지 않았다. 조르바 같은 사람이 손에 곡괭이 대신 연필이나 쥐고 있는 덜 익은 풋내기와 말을 섞을 이유가 없었다. 그는 일에 열중하면 자신을 낮추고 대화할 생각을 하지 않았다. "일할 땐 말 걸지 마쇼." 어느 날 저녁, 그는 내게 이렇게 말했다. "내가 둘로 쪼개질 수도 있소."

"쪼개진다고요? 왜요?"

"또 어린애처럼 묻는군요. 그걸 어떻게 설명하겠소. 나는 일할 때 내 전부를 쏟아요. 머리부터 발끝까지 몸을 뻗어 내가 씨름하는 돌이나 갈탄, 아니면 산투리를 정복하려고 나를 확장시킵니다. 그때 누가 나를 건드리거나 말을 시키면 두 쪽으로 쪼개진다고요. 알겠나요?"

나는 시계를 들여다보았다. 벌써 10시가 되어 갔다.

"여러분, 간식 시간입니다." 내가 말했다.

인부들은 기쁜 마음으로 구석에 연장을 던지고 땀을 닦고는 갱도에서 나갈 준비를 했다. 하지만 일에 몰두한 조르바는 내 말을 듣지 못했다. 들었다고 해도 일을 계속 했을 것이다.

"담배 한 개비씩 나눠 드릴게요. 좀 쉬세요."

나는 주머니를 뒤져 담뱃갑을 찾고 있었다. 인부들은 내 주위에 모여들어 기다렸다. 나는 램프 빛 아래에서 입이 경련하듯 움직이는 조르바를 보았다.

"조르바, 뭐가 잘못됐나요?" 내가 소리쳤다.

바로 그때 갱도의 천장이 삐걱거렸다.

"모두들 나가세요!" 조르바가 쉰 목소리로 소리쳤다.

우리 모두는 출구를 향해 달렸다. 하지만 첫 번째 갱목 근처에 다다르기도 전에 두 번째로 삐걱거리는 소리가 더 크게 들렸다. 조르바는 그 순간 굵은 나무를 지지대로 받치기 위해 커다란 통나무를 들어 올려 느슨해진 골조에 버팀목으로 넣으려 하고 있었다. 그렇게 된다면 단 몇 초라도 천장이 버텨줘서 모두가 뛰쳐나갈 수 있을 것 같았다.

"모두들 나가세요. 어서!" 조르바의 목소리가 또다시 들렸다. 이번에는 땅속 깊숙한 곳에서 나오는 것처럼 둔탁한 목소리였다.

우리 모두는 공포를 느끼며 조르바 생각은 하지 않은 채 밖으로 뛰쳐나왔다. 몇 초 뒤 나는 정신을 차리고 갱도 안쪽으로 다시 들어갔다.

"조르바! 조르바!" 나는 소리를 질렀다.

질렀다고 생각했다. 하지만 내 목구멍에서는 아무런 소리도 나오지 않았다. 공포에 질려 소리가 나오지 않았던 것이다.

나는 창피해졌다. 두 팔을 쭉 뻗은 채 크게 한 걸음을 내딛고 광산 쪽으로 다가섰다. 조르바는 마침내 그 묵직한 통나무를 고정시키고 갱도에서 달려 나왔다. 어두운 곳에서 달려 나오는 속도에 그와 나는 서로를 껴안았다.

"계속 달려!" 그는 숨이 막힌 목소리로 웅얼거렸다. "계속 달리라고!"

우리는 계속 달려서 겨우 빛이 있는 곳에 이르렀다. 새파랗게 젊은 인부들은 입구에 모여 얼굴이 샛노래진 채 귀를 기울이고 있었다.

세 번째로 아까보다 더 크게 삐걱대는 소리가 들렸다. 곧바로 쩍 갈라지는 소리가 나더니 산 전체가 흔들리며 갱도가 무너졌다.

"하느님, 저희를 기억해 주시옵소서." 인부들이 성호를 그으며 중얼거렸다.

"곡괭이를 안에 놓고 나왔나?" 조르바는 화가 나서 소리쳤다.

인부들은 아무 말도 하지 못했다.

"왜 안 가지고 나왔어? 바지에 오줌 쌌구먼. 한심한 놈들. 곡괭이가 아까운 놈들!"

"지금 곡괭이가 걱정되나요? 아무도 다치지 않고 살아난 것이 다행이죠. 조르바, 당신이 우리 모두를 구했어요."

"배고프군. 난리를 치르니 식욕이 돋네."

조르바는 바위 위에 얹어 뒀던 간식을 꺼냈다. 그는 빵, 올리브, 양파, 삶은 감자, 포도주 병을 꺼냈다.

"자, 어서들 와서 먹읍시다." 그가 입에 음식을 가득 넣은 채 말했다.

기운을 잃은 사람이 다시 피와 살을 보충하려는 듯 조르바는 계속 음식을 먹었다. 고개를 파묻고 먹으며 아무 말도 하지 않았다. 그리고 고개를 젖혀 목구멍에 포도주를 들이부었다. 목구멍에서 포도주가 넘어가는 소리가 났다.

인부들도 기운을 되찾고 양털 자루를 열어 간식을 꺼내 먹기 시작했다. 모두들 조르바 주위에 모여 간식을 먹으며 조르바를 바라보았다. 인부들은 그의 발에 엎드려 그의 손에 키스라도 하고 싶은 심정이었지만, 그의 괴팍한 성격을 잘 알기에 아무도 나서지 못했다.

드디어 인부 중 회색 수염이 무성한 미헬리스가 용기를 내서 말했다.

"조르바 감독님이 오늘 여기에 안 계셨다면 우리 아이들은 지금 고아가 될 뻔했수다."

"빌어먹을. 입 다물어요." 조르바는 여전히 음식을 가득 넣은 채 중얼거렸다. 더 이상 그 누구도 말할 엄두를 내지 못했다.

10

"도대체 누가 만들었나. 이 주저의 미로를, 오만의 신전을, 원죄로 가득한 물주머니를, 1,000가지 기만이 파종된 이 밭을, 이 지옥의 문을, 잔꾀로 넘쳐 나는 이 바구니를, 꿀맛이 나는 독을, 죽어야 할 사슬을, 여자를 만들었나."

나는 화로 앞에 앉아 천천히 그리고 조용히 부처의 노래를 옮겨 적고 있었다. 나는 머릿속에서 떠나지 않는 몸뚱어리를, 비에 젖은 여인의 몸을, 그 모습을 잊으려고 기를 썼다. 여인의 육체는 겨울 내내 밤마다 엉덩이를 실룩거리며 내 눈 앞에 아른거렸다. 내 목숨이 끊어졌을 수도 있었던 갱도 붕괴 사건 이후로 과부는 내 속으로 들어와 발정 난 암컷처럼 나를 향해 책망하듯 소리 질렀다.

"어서 와요. 인생은 덧없어요. 늦기 전에 이리 오세요."

나는 탄력 있는 허벅지와 엉덩이를 가진, 요염한 여인 모습을 한 과부가 온갖 악령, 마라(魔羅, 수도, 수행을 방해하는 마군을 가리키는 말)라는 것을 알고 있었다. 나는 마라와 싸우며 부처의 집필에 매진했다. 원시인들이 자신들을 잡아먹으려고 하는 맹수들의 모습을 그리는 것과 마찬가지였다. 그들 역시 맹수를 그리며 바위에 단단히 고정시키려 한 것이다. 그렇게 가둠으로써 자신들을 잡아먹지 못하게 투쟁한 것이다.

죽음을 면한 바로 그날부터 과부는 끊임없이 내 주변을 맴돌며 손짓하고 엉덩이를 흔들었다. 낮에는 나도 힘이 넘쳐 경계하며 그 여자를 환상 밖으로 몰아낼 수 있었다. 나는 유혹자가 부처 앞에 어떻게 나타났는지, 유혹자가 여자의 형상으로 통통한 가슴으로 고행자의 무릎을 누른 일, 부처는 위험을 알아차리고 모든 기운을 모아 유혹을 물리친 것에 대해 썼다. 나 역시 부처와 함께 유혹을 물리쳤다.

문장 하나하나가 나에게 위안이 됐다. 악령이 언어라는 주문에 쫓겨 가는 것 같았다. 낮 동안에는 용감하게 싸웠다. 하지만 밤이 되면 내 마음은 무기를 놓았고, 문이 열리며 과부가 드나들었다.

아침이면 난 패배자가 되어 일어났다. 싸움은 다시 시작되었다. 그러다 머리를 들면 저녁이 가까워지곤 했다. 빛은 물러가고 어둠이 빠른 속도로 날아왔다. 해가 짧아지며 크리스마스도 다가오고 있었다. 나는 속으로 생각했다. '나는 혼자가 아니다. 낮 동안 빛이 위대한 힘이 되어 싸운다. 그 빛도 때로 이기고 때로 질 수도 있지만 빛은 절망하지 않는다. 나 역시 빛과 함께 싸우고 이길 것이라 희망한다.'

과부에 맞서 싸우면서 우주적인 거대한 리듬에 맞춰 순응하는 것 같았다. 이런 생각은 내게 용기를 주었다. 그 몸뚱어리는 내 몸을 시켜 야금야금, 자유로운 불꽃을 꺼 버리기 위해 위장한 물질이라는 생각이 들었다. 그럴 때마다 나는 중얼거렸다. "하느님은 물질을 정신으로 변화시킬 수 있다. 사람은 누구나 내면에 신성한 바람을 가지고 있다. 빵과 물과 고기를 생각과 행동으로 변화시킨다. 조르바가 한 말이 맞았다. '먹는 걸로 무얼 하는지 알려 줘요. 그럼 당신이 어떤 사람인지 가르쳐 줄게요.' 그 말이 옳다."

나는 육체의 욕망을 부처로 바꾸기 위해 무진장 애쓰고 있었다.

"보스 양반, 무슨 생각하나요? 요새 뭔가 걱정이 있는 것 같아요." 크리스마스 전날 조르바가 내게 물었다. 내가 어떤 악령과 싸우는지 그는 이미 눈치 채고 있었다.

나는 못 들은 척했다. 그러나 조르바는 쉽게 물러나지 않았다.

"당신은 젊어요." 그가 갑자기 신랄하고 화난 목소리로 말했다. "당신은 젊고 건강하고 잘 먹고 잘 마시고 싱싱한 공기를 들이마시며 정력만 쌓아 놓잖소. 그 정력으로 뭘 해요? 당신은 혼자 자죠? 그건 정력에도 안 좋소. 당장 오늘 밤에 그 집에 가쇼. 세상은 단순해요. 몇 번이나 말해야 하나요. 일을 복잡하게 하지 말래도!"

부처 원고가 내 앞에 펼쳐져 있었다. 나는 한 장 한 장 넘기며 조르바의 말에 귀를 기울였다. 그의 말은 확실하고 매력적이었다. 다시 교활한 뚜쟁이인 마라의 사악함에서 나오는 목소리가 가득 있었다.

나는 잠자코 그의 말을 듣다가 원고를 넘겼다. 유혹에 넘어가지 않기 위해 원고를 천천히 넘겼다. 감정을 숨기기 위해 휘파람을 불었다. 하지만 조르바는 나를 보고 더 안달이 나 있었다.

"오늘은 크리스마스이브입니다. 그 여자가 교회에서 돌아 버리기 전에 만나요. 오늘 예수가 태어납니다. 당신도 가서 기억을 만드세요!"

나는 짜증을 내며 일어섰다.

"조르바, 그만 해요. 사람이란 나무와 같아요. 제각기 길이 있죠. 무화과나무에 체리가 열리지 않는다고 화내지 않겠죠? 자, 그건 그렇고 우리도 예수님의 탄생을 보기 위해 교회로 갑시다."

조르바는 두꺼운 겨울 모자를 눌러 썼다. 그는 시큰둥해 있었다.

"좋아요. 그러나 하나만은 알아둬요. 하느님은 오늘 밤 당신이 과부에게 가길 바란다는 거요. 천사장 가브리엘도 마찬가지고요. 하느님이 당신 같았으면 마리아에게 가지 않았을 거고 예수는 태어나지도 못했을 거요. 그럼 하느님이 어떻게 하셨냐고 물으면 이럴 거예요. 하느님은 마리아에게 가셨다. 마리아는 과부다."

그는 입을 다물고 내 대답을 기다렸지만 난 대답하지 않았다. 그는 문을 박차고 나갔다. 그리고 지팡이로 자갈들을 내리쳤다.

"그렇고말고요. 과부가 바로 마리아란 말씀입니다."

"그만 하시죠. 소리 지르지 말고." 내가 말했다.

우리는 겨울밤의 어둠을 빠르게 지나쳤다. 하늘은 깨끗했고 별들은 나지막한 하늘에 걸려 있는 꽃다발처럼 반짝였다. 해변을 걷고 있으면 밤은 해안가에 누운 거대한 짐승같이 보였다.

나는 생각했다. '오늘 밤 성스러운 아기가 태어나는 것과 함께 오늘부터 겨울에 공격당한 빛이 승리의 반격을 시작한다.'

모든 마을 사람들이 따뜻하고 향내가 나는 교회로 몰려들었다. 남자들은 앞줄에 섰고 여자들은 두 손을 모은 채 뒤에 서 있었다. 황금빛의 제복을 입은 키가 큰 스테파노스 신부는 44일 금식으로 신경이 날카로워져 있었다. 묵직한 황금빛 미사복을 입은 신부는 향로를 들고 이곳저곳을 돌아다녔다. 예수의 탄생을 어서 보고 집으로 달려가 기름진 고깃국과 소시지, 훈제 고기가 먹고 싶었는지 마음이 조급해 보였다.

성서에서 '오늘 빛이 났도다.'라고 했다면 사람들의 가슴은 무언가를 바라지 않았을 것이다. 그리스도교 사상도 전설이 되지 않았을 것이고 온 세상에 퍼지지도 않았을 것이다. 단지 자연스러운 현상으로 남아 우리의 상상력을 깨우지도 못했을 것이다. 그러나 죽음의 겨울에서 태어난 빛은 아기가 되고 하느님이 되었다. 그러면서 스무 세기 동안 우리네 영혼은 그 아이를 자기 품에 껴안고 젖을 먹이고 있다.

자정이 조금 넘어가자 신비스러운 의식이 끝났다. 그리스도가 태어난 것이다. 그러자 배고픈 시골 사람들은 잔치를 벌였다. 먹고 마시며 육화(肉化, 하느님의 아들이 사람으로 태어남)의 기적을 체험하려고 집으로 돌아갔다. 배는 견고한 주춧돌이다. 빵과 포도주와 고기가 먼저다. 그것들이 있어야 우리에게 하느님도 있다.

큰 별들이 하얀 지붕 위 천사처럼 환했다. 은하수는 천국의 이쪽부터 저쪽까지 흘렀다. 푸른색 별 하나가 머리 위에서 빛났다. 나는 한숨을 내쉬었다.

조르바가 나를 돌아봤다.

"당신은 믿나요? 하느님이 사람이 되어 마구간에서 태어났다는 것을요. 믿는 건가요? 아니면 믿는 척하는 건가요?"

"조르바, 어려운 문제네요. 믿는다고, 안 믿는다고 말할 수도 없어요. 당신은 어떤가요?"

"나도 믿는다고는 할 수 없어요. 그렇다고는 못하죠. 할머니가 옛날이야기를 들려주면 난 하나도 믿지 않았어요. 하지만 감동받은 것처럼 웃고 울곤 했어요. 믿는 것처럼요. 나이 들어 턱에 수염이 날 때쯤은 그런 이야기를 무시하고 비웃었죠. 나이가 많이 든 지금은 그런 이야기를 조금은 믿는 것 같네요. 사람이란 참 요상하죠?"

오르탕스 부인의 집 쪽으로 들어서면서 우리는 마구간 냄새를 맡은 망아지처럼 걸음이 빨라졌다.

"초기 그리스도교 교부(교리의 정립과 교회의 발전에 이바지하면서, 신앙이나 교회 생활에 중대한 영향을 미친 사람)들은 정말 영리했어요. 신부들은 머리가 아니라 배로 믿게 만들었죠. 그러니 피할 재간이 없어요. 40일 동안 금식하래요. 왜냐고? 고기를 간절하게 바라도록 만드는 거죠. 하여간 살찐 돼지들 별의별 꼼수를 다 알아."

그는 걸음을 재촉했다.

"보스 양반, 빨리 갑시다. 칠면조가 적당하게 익었을 겁니다."

넓은 침대가 놓인 부인의 방에 들어서니 하얀 식탁보가 깔린 식탁 위에 벌써 김이 나는 칠면조가 가랑이를 벌리고 드러누워 있었다. 화로에서는 아늑한 온기가 뿜어져 나왔다.

오르탕스 부인은 곱슬머리를 하고 여기저기 풀린 레이스가 달린 가운을 입고 있었다. 손가락 두 개쯤 되는 너비의 밝은 노란색 천 띠를 주름 많은 목에 두르고 있었다. 그리고 겨드랑이에 향수를 듬뿍 뿌렸다.

나는 생각했다. 세상 모든 것이 얼마나 완벽한 조화를 이루고 있는지. 땅과 인간의 심장은 얼마나 잘 어울리는지. 여기 늙은 여가수는 평생을 방탕하게 살아온 뒤, 이제 이 해안에 흘러들어 온갖 정성을 다해 그녀의 초라한 방에 성스러운 온기와 근심을 다 모아 놓았다.

정성이 가득한 푸짐한 음식, 따뜻한 화로, 화장하고 꾸민 몸뚱어리, 짙은 향수 냄새, 사소하면서도 너무나 인간적이며 육체적인 이 쾌락들이 이렇게나 간단하게 큰 정신적 기쁨으로 변하다니.

나는 잠시 심장이 쿵쾅거렸다. 이 황량한 바닷가에 남아 있는 게 나 혼자가 아니라는 것을 깨달았다. 나는 오늘만큼은 버림받은 존재가 아니었다. 어떤 여성이라는 존재가 서둘러 와서 마치 어머니처럼, 누나처럼, 아내처럼 나의 모든 것을 보살펴 주고 있었다. 그때까지 나는 그 어떤 것도 필요하지 않다고 생각하던 그 모든 것을 필요로 하고 있었다.

조르바 역시 나와 비슷한 감동을 느낀 것 같았다. 그는 방에 들어서자마자 여러 남자 품에 안겨 온 여인에게 달려가 그녀를 꽉 끌어안았다.

"그리스도가 태어나셨소. 여인들이여. 축복받으소서." 조르바가 소리쳤다.

그는 웃으며 나를 돌아보았다.

"보스 양반, 여자라는 것은 얼마나 요물인지……. 하느님도 꼼짝 못할 거요."

우리는 식탁에 둘러앉아 게걸스럽게 접시를 비웠다. 그리고 포도주를 마셨다. 육신이 만족하자 심장이 뛰었다. 영혼도 기쁨으로 만족했다. 조르바는 생기를 되찾았다.

"많이 먹고 마셔요. 그리고 힘을 내고 노래를 불러요." 조르바는 나를 향해 말했다.

"먹고 마시고 아이처럼 소년처럼 노래를 부릅시다. '지극히 높은 곳에서는 영광…….' 이건 정말 멋진 일이에요. 목청껏 노래를 불러요. 하느님이 듣고 즐기실 수 있도록!"

그는 무척 기분이 좋아져서 신바람을 냈다.

"예수께서 태어나셨습니다. 우리 현명한 솔로몬인 나의 삼류 작가시여! 세상만사 까다롭게 굴지 맙시다. 예수님이 태어났어요, 안 났어요? 당연히 태어나셨지. 언젠가 과학자가 내게 말해 줬어요. 확대경으로 음료수를 들여다보면 아주 작은 벌레들이 우글거린답디다. 보고는 마실 수 없죠. 물을 못 마시면 갈증으로 죽고요. 보스 양반, 확대경을 부숴 버려요. 그러면 벌레도 보지 않고 시원한 물을 마실 수 있어요."

그는 술잔을 들고 야단스럽게 차려입은 짝꿍 쪽으로 돌아앉았다.

"나의 동지이신 부불리나! 이 잔을 당신의 건강을 위해 마십니다. 내 생전에 뱃머리에 달린 수많은 인어 장식을 보았는데……. 두 손으로 가슴을 쥐고 빨갛게 뺨과 입술을 칠하고 있었죠. 그녀들은 온 세계를 누비며 배가 파선하면 해안으로 닻을 내렸고, 배가 삭아 부서지면 다시 육지에 내려져 죽을 때까지 선장들 술 마시러 들어가는 어부들 술집에 걸려 있죠. 나의 부불리나……. 내 배가 이렇게 부르고 내 눈이 이렇게 밝아져 오늘 밤 그대를 해변에서 보려니 꼭 배의 인어 같군요. 나의 부불리나……. 나는 당신의 마지막 항구……. 나는 선장들이 술을 마시러 오는 카페입니다. 나의 요정이시여. 이리 와 내 벽에 걸려 줘요. 내 크레타 포도주 한 잔을 그대 건강을 위해 마시겠네!"

너무 감격한 오르탕스 부인은 눈물을 펑펑 흘리며 조르바 어깨에 기댔다.

조르바는 내 귀에 속삭였다. “보스 양반, 봤죠? 이렇게 달콤하게 말한 대가로 난 난관에 빠지게 되겠죠. 부끄러움을 모르는 이 여자가 오늘 나를 놓아 주지 않을 거란 말이지. 하지만 어쩌겠어요. 나는 불쌍한 여자를 보면 마음이 짠해지는 걸! 난 여자들이 너무 가여워요.”

그는 자신의 세이렌에게 외쳤다. “자, 예수께서 태어나셨습니다. 우리의 건강을 위하여!”

그는 부인의 겨드랑이 속에 팔을 넣은 채 부인과 술잔을 부딪쳤다. 두 사람은 하나로 얽힌 채 단숨에 술잔을 비우고 마법에 걸린 눈으로 서로를 바라보았다.

나는 새벽녘이 다 되어서야 집으로 돌아가려고 나왔다. 마을 사람들이 실컷 먹고 마신 겨울 하늘 아래 마을은 창문을 굳게 닫고 별빛 아래 잠들어 있었다.

밖은 몹시 추웠고 바다에서는 파도 소리가 들렸다. 샛별은 계속 사랑받고 싶은 듯 춤추고 장난치며 걸려 있었다. 나는 파도와 노닐며 물가를 걸었다. 파도가 나를 적시러 오면 나는 도망갔다. 나는 너무 행복한 나머지 중얼거렸다.

“야심이 없으면서도 세상의 야심을 다 가진 듯이 노예처럼 열심히 일하는 것. 사람들에게서 멀리 떠나 살지만 그들을 사랑하며 사는 것. 그렇지만 그들에게 아무것도 바라지 않는 것. 크리스마스 파티에서 실컷 먹고 마신 다음 잠든 사람들에게서 홀로 떨어져 유혹을 물리치는 것. 별 아래에서 바다를 오른쪽, 뭍을 왼쪽에 끼고 해변을 걷는 것. 문득 인생은 끝났고 삶의 마지막 성공은 전설이 되는 것임을 깨닫는 것. 이런 것이 진정한 행복일까."

여러 날들이 지나갔다. 나는 태연한 척 허세도 부리고 소리를 지르며 스스로를 다독이고 얼러 봤다. 그러나 나는 내가 슬프다는 것을 알고 있었다. 한 주일의 축제 기간 동안 추억이 밀려들어 내 가슴을 음악과 사랑하는 사람들로 채웠다. 인간의 심장은 피를 담고 있는 주머니에 지나지 않고 이제는 죽은, 사랑하는 사람들이 다시 살아나기 위해 피를 마시고 생기를 되찾는다. 우리가 더 사랑한 사람일수록 우리는 피를 더 많이 마신다고 한다. 그 옛날이야기가 얼마나 옳은 말인지 다시 느꼈다.

새해 전날이 되었다. 마을 아이들 악대가 커다란 종이배를 들고 우리 오두막까지 찾아왔다. 아이들은 가느다랗고 유쾌한 목소리로 칼란다(새해를 맞이하며 부르는 노래)를 불렀다. 그 역시 종이와 먹물에 빠진 지식인이었던 바실리오스 대성인께서 카이세리를 출발해 조르바와 나, 존재하지도 않는 귀부인을 칭찬하기 위해 크레타의 이 외진 곳으로 찾아오셨다.

나는 잠자코 바라보며 듣기만 했다. 홀린 듯이 노래를 듣던 조르바는 아이들의 탬버린을 빼앗아 미친 듯이 두드렸다.

나는 심장에서 나뭇잎 하나가 떨어져 나가는 기분이었다. 한 해가 흘러가고 나는 시커먼 구덩이를 향해 한 걸음 내디딘 것이다.

"보스 양반, 무슨 일이요?" 조르바가 탬버린을 두드리며 노래를 부르다가 내게 물었다. "무슨 일이냐고요. 한꺼번에 늙은 것 같아요. 얼굴은 똥색이고요. 난 이맘때면 다시 어린애가 됩니다. 나는 다시 태어난 기분이에요. 예수님은 해마다 다시 태어나잖아요. 나도 다시 태어난 것 같아요."

나는 침대에 누웠다. 눈을 감고 있었다. 내 가슴은 심란했고 아무 말도 하고 싶지 않았다.

잠을 이룰 수 없었다. 오늘 밤, 내 행동에 대해 설명해야 할 것 같았다. 나는 내 전 생애를 떠올렸다. 두서없고 미적지근하고 모순으로 점철된 생이었다. 나는 절망적으로 지난 일을 생각했다.

높은 대기 위에서 바람을 받은 조각구름처럼 내 인생은 끊임없이 모양이 변했다. 모이고 흩어지고, 다시 모이고 하면서. 어떤 때는 백조가 되었다가 개가 되고, 악마였다가 전갈로, 원숭이가 되기도 했다. 구름은 점점 약해지고 흩어졌다.

하늘은 무지개와 바람으로 차 있었다.

내 인생에 스스로 던졌던 질문들은 대답을 얻지 못하고 더 복잡하게 얽혀 갔다. 그리고 나의 희망들도 초라하게 변해 갔다.

날이 밝았다. 그러나 나는 눈을 뜨지 않았다. 나는 정신의 껍질을 깨고, 인간이라는 모든 핏방울들을 나르며 바다로 섞이는, 거대한 바다를 뚫고 가려는 강렬한 열망에 집중하고 있었다. 나는 새해가 내게 가져다 줄 것에 대해 알고 싶었다.

"보스 양반, 새해 복 많이 받으쇼."

조르바의 목소리는 나를 땅 위로 끌어내렸다. 내가 눈을 뜨자 조르바는 오두막 문으로 커다란 석류를 던지고 있었다. 차가운 루비 알들이 내 침대까지 튀었다. 몇 알을 주워 먹으니 목구멍이 시원해졌다.

"새해엔 우리가 한탕 벌어들여 여자들과 진탕 놀았으면 좋겠네요." 조르바는 기분이 좋은지 신난 목소리로 말했다.

그는 이미 세수를 마치고 면도하고 좋은 옷으로 차려입고 있었다. 초록색 바지, 손으로 짠 재킷, 그 위에 산양털로 만든 반코트를 입은 차림이었다. 게다가 그는 러시아에서 가져온 모자를 쓴 채 수염을 만지작거리고 있었다.

"보스 양반, 나는 회사 대표로 교회에 갈 거요. 남들이 우리를 이상하게 봐서 좋을 게 없으니까요. 그러면서 시간도 보내고 일석이조죠."

그는 내게 윙크하며 속삭였다.

"혹시 과부도 만나게 될지 아나요."

하느님 맙소사. 회사의 이익과 과부가 조르바의 머릿속에서 조화를 이뤄 냈다. 나는 오두막을 나서는 그의 경쾌한 발소리를 들었다. 나는 일어났다. 마법이 풀리며 내 영혼은 다시 육체의 감옥에 감금되었다.

나는 옷을 입고 바닷가로 빨리 걸었다. 마음이 즐거웠다. 위험이나 죄악에서 벗어난 것 같은 기쁨을 느꼈다. 아직 생기지도 않은 미래를 훔쳐보려 했던 것이 성스러운 것을 훔치려는 신성 모독같이 느껴졌다.

어느 날 아침, 한 소나무에서 본 나비의 번데기가 떠올랐다. 나비는 번데기에다 구멍을 뚫고 나올 준비를 하고 있었다. 나는 기다리고 또 기다렸다. 하지만 시간만 흘러갔다. 나는 몸을 숙여 입김으로 데워 주었다. 열심히 데워 주자 기적이 일어났다. 내 눈앞에서 자연이 정한 속도보다 빠르게 나비가 천천히 나오기 시작했다. 껍질이 조금씩 열리더니 나비는 모습을 드러냈다. 그리고 이어진 순간의 공포는 절대 잊을 수 없다. 나비는 날개를 펴려고 했지만 바로 쪼그라들었다. 나비는 안간힘을 다해 날개를 펴려고 애썼다. 내 입김으로 나비를 도우려고 했지만 소용없었다. 제대로 성숙하기 위해서는 번데기에서 참을성 있게 기다렸어야 했다. 햇빛을 받으며 날개가 펴지기를 기다려야 했다. 하지만 이미 늦었다. 내 입김은 때가 되기 전에 나비 날개가 온통 구겨진 채 미숙아로 나오도록 강요한 것이었다. 나비는 필사적으로 몸부림치다가 얼마 견디지 못하고 내 손바닥 위에서 죽고 말았다.

나는 나비의 그 조그만 시체가 내 양심 안에서 가장 무겁게 존재하고 있다고 생각한다. 이제야 나는 자연의 법칙을 거스르는 행위가 얼마나 큰 죄악인 것인지 깨달았다. 서둘지 말고 이 리듬 안에서 충실해야 한다.

나는 새해 첫날의 이 생각을 조용히 음미하려고 바위에 앉았다. 새해에는 내가 조급하거나 신경질적이지 않고 내 삶을 조율할 수 있기를. 그 작은 나비가 서둘러 날개를 펴지 않고 온전한 리듬으로 천천히 날개를 펼 수 있게 도와준다면 얼마나 좋을까. 나비가 날개를 파닥이며 나의 길을 깨닫게 해 주기를. 나는 새해 아침 생각에 빠져들었다.

11

나는 기쁜 마음으로 설날 선물을 쥔 채 일어났다. 바람은 찼고 하늘은 맑았다. 바다는 빛나고 있었다.

나는 마을로 갔다. 지금쯤 예배가 끝났을 것이다. 나는 계속 마을을 향해 가면서 새해 처음으로 누구를 마주치게 될 것인지 궁금했다. 새해 선물을 안은 아이일까. 흰 셔츠를 입은 노인일까. 이 땅에서 오래 살아 자기 할 일을 다 해 온 노인이어도 좋을 것이다. 마을에 가까워질수록 설렜다.

나는 무릎에 힘이 풀렸다. 마을에서 나오는 길의 올리브나무 아래로 붉은 옷을 입은 과부가 나타났다. 검은 머릿수건을 한 과부는 자극적으로 몸을 흔들고 있었다.

그녀의 탄력 있는 걸음걸이는 마치 흑표범 같았다. 사향 냄새가 공기에 가득했다. 나는 이대로 도망치고 싶었다. 나는 저 맹수가 무자비하다는 것을 알았다. 나는 도망치는 수밖에 없었다. 하지만 어떻게? 과부는 다가오고 있었다. 길바닥 자갈들이 요란하게 소리를 냈다. 그녀는 나를 발견하고 머릿수건을 풀었다. 그녀의 머리카락은 까맣고 윤기가 흘렀다. 그녀는 나에게 미소를 지었다. 두 눈에는 부드러운 야성이 있었다. 그녀는 은밀한 비밀을 내보인 것처럼 빠르게 스카프로 머리를 감쌌다.

나는 그녀에게 새해 인사를 건네고 싶었다. 하지만 탄광이 무너져 내린 날처럼 말이 나오지 않았다. 과부 집 뜰을 둘러싼 갈대들은 바람에 흔들리고 있었다. 태양은 황금빛 레몬과 오렌지를 비추고 있었다. 천국처럼 밝게 빛나고 있었다.

그녀는 걸음을 멈추더니 문을 밀쳐 열었다. 나는 그녀 옆을 지났고, 그녀는 고개를 돌려 나를 바라보았다.

과부는 문을 열어 둔 채로 안으로 들어갔다. 나는 엉덩이를 살랑살랑 흔들며 오렌지 나무 쪽으로 사라지는 여자를 멍하니 바라보았다.

따라 들어가서 빗장을 잠그고 허리에 팔을 돌리고 아무 말 없이 침대로 안고 갈까? 남자라면, 내 할아버지라면 그랬을 것이다. 내 손자도 그러기를 바란다. 그런데 나는 멍하니 서서 앞뒤를 재며 계산하고 있었다.

'다음 생에는 이보다 잘할 수 있겠지. 그냥 가자.' 나는 혼자 중얼거렸다.

풀이 우거진 좁은 길로 들어서자 죽을죄를 지은 것처럼 죄책감이 들었다. 길을 오르내리며 정처 없이 걸었다. 날씨가 추웠고 몸이 떨렸다. 과부의 실룩거리는 엉덩이와 미소, 눈, 가슴을 내 생각에서 몰아내고 싶었지만 소용없었다.

나무들은 아직 잎이 없었다. 나무순들은 팽팽하게 부풀어 있었다. 각각의 나무순들은 당장 싹을 내고 꽃을 피울 것처럼 빛을 향해 터질 채비를 하고 있었다. 이 한겨울에 메마른 나무 아래 봄의 기적은 소리 없이, 조용하게 준비되고 있었다.

문득 나도 모르게 기쁨이 흘러 소리를 질렀다. 내 눈앞에서는 아몬드 나무가 한겨울에 꽃을 피우고 봄을 알리고 있었다.

마음이 한결 가벼워졌다. 나는 싸한 향내를 맡았다. 그리고 길을 벗어나 꽃을 피운 나뭇가지 아래에 앉았다.

나는 아무 생각도 아무 걱정도 없이 오래 그곳에 앉아 있었다. 해방된 마음은 행복했다. 영원토록 천국의 나무 아래에 앉아 있는 기분이었다.

갑자기 화난 목소리가 들려 나를 천국에서 끌어내렸다.

"보스 양반, 대체 여기서 뭐하는 거요? 얼마나 찾았는데! 벌써 12시가 되었어요. 어서 갑시다."

"어디로요?"

"어디라니? 그야 할머니가 주는 새끼 돼지에게 가야죠. 지금 오븐에서 나와 냄새가 기가 막힐 거예요. 어서 갑시다."

나는 일어서서 신비로운 꽃의 기적을 일으킨 아몬드 나무의 밑동을 두드렸다. 조르바는 한창 기분이 좋은지 앞서갔다. 음식과 술, 여자와 춤은 인간의 기본적인 욕구인데 조르바는 그의 건강한 몸에서 그것들이 사라지거나 둔해지는 법이 없었다. 그는 손에 핑크빛 종이로 포장한 꾸러미를 들고 있었다.

"새해 선물이오?" 내가 물었다.

조르바는 감정을 감추며 웃음을 지었다.

"맞아요. 그래야 이 불쌍한 여자가 불평하지 못하죠." 그는 돌아보지도 않고 말했다. "이걸 보며 영광스러운 지난날을 기억할 거라고요. 여자니까. 아시잖아요. 여자는 불평이 많아요."

"사진이에요?"

"곧 알게 됩니다. 급할 거 없어요. 내가 만들었어요. 어서 갑시다."

정오의 햇빛은 인간의 뼈마디까지 즐겁게 해 주고 있었다. 바다 역시 느긋하게 해를 즐기고 있었다. 멀리 옅은 안개로 싸인 무인도는 바다 위로 불쑥 나와 항해하고 있었다.

마을에 도착했을 때 조르바는 내게 목소리를 낮추었다.

"그거 아쇼? 문제의 인물이 교회에 왔습니다. 한 성가대원 옆에 있었는데 갑자기 성상들이 환해지더라고요. '햇빛이 비쳤나?' 하고 보니 그 과부 때문에 주위가 밝아지더라고요."

"조르바, 됐어요. 그 이야기는 그만해요." 내가 걸음을 재촉하자 조르바는 내 뒤를 바짝 쫓아왔다.

"보스 양반, 그녀를 가까이서 봤어요. 뺨에 점이 있더라고요. 그것만 봐도 미쳐 버릴 겁니다. 여자 뺨 위에 점이라니."

조르바는 감탄하며 눈을 크게 떴다.

"알겠소? 피부가 부드럽고 말끔한데 난데없이 까만 점이 등장하다니 그거면 족합니다. 그것만 봐도 미쳐 버리죠. 보스 양반은 뭐 아시는 거 있나요? 책에 뭐라고 쓰여 있나요?"

"나가 뒈지라고 쓰여 있네요."

조르바는 재밌다는 듯이 손뼉을 쳤다.

"바로 그거죠. 바로 그거. 드디어 말을 알아듣는군요."

우리는 카페 앞을 멈추지 않고 지나쳤다.

우리의 귀부인은 오븐에 새끼 돼지를 구워 놓고 문 앞에서 우리를 기다리고 있었다.

노란색 리본을 목에 두르고 분을 잔뜩 개어 바르고 입술에는 체리 색 립스틱을 발랐는데 보기만 해도 질릴 지경이었다. 그녀는 우리를 발견하자 온몸을 흔들며 반가워했다. 얼굴 위에서 깜박거리던 눈이 조르바의 콧수염에 닿았다. 조르바는 그녀를 보자마자 그녀의 허리를 안았다.

"나의 부불리나. 새해 복 많으세요. 새해 선물이에요." 그는 그녀의 주름이 잡힌 목에 키스를 퍼부었다.

늙은 세이렌은 조르바의 아부에 웃었지만 정신을 놓지 않았다. 그녀의 시선은 선물에 박혀 있었다. 여자는 선물을 받아 안고 끈을 풀고 그 안을 들여다보았다. 그러고는 함성을 질렀다.

나도 다가가서 안을 들여다보았다. 장난꾸러기 조르바는 빨간색, 금색, 잿빛, 검은색의 깃발을 올린 네 척의 커다란 전함을 그려 놓았다. 이들 전함 앞에는 노란색 리본을 두른 새하얀 피부의 인어가 완전 벌거숭이로 가슴을 드러내고 있었다. 영락없는 오르탕스 부인이었다. 그녀는 네 개의 밧줄로 각각 영국과 러시아, 프랑스, 이탈리아 국기를 단 전함을 끌고 있었다. 그림 네 귀퉁이에는 빨간색, 금색, 잿빛, 검은색의 수염이 있었다.

늙은 세이렌은 금방 그림을 이해했다.

"나야!" 오르탕스 부인은 손가락으로 인어를 가리키며 소리쳤다. 그러고는 한숨을 쉬며 말했다. "나도 한때는 강대국 중 하나였는데……."

그녀는 침대 위 앵무새 새장 옆으로 둥근 거울을 옮기고 조르바의 그림을 걸었다. 짙은 화장 아래 그녀의 얼굴은 창백해져 있었을 것이다.

조르바는 이미 부엌으로 들어갔다. 배가 고팠던 모양이다. 그는 새끼 돼지구이와 빵을 가져오고 자기 앞에 포도주 한 병을 내놓더니 세 개의 잔에 가득 따랐다. 그러고는 손뼉을 쳤다.

"어서 먹읍시다. 자, 우선 배부터 든든히 합시다. 우리 부 불리나, 그다음에 다음으로 넘어갑시다."

그러나 우리의 늙은 세이렌의 한숨으로 공기가 탁해지고 말았다. 해마다 새해 첫날, 작은 예수 재림일을 맞이하면서 자신의 과거를 되돌아보면 공허함을 느끼는 것 같았다. 머리카락이 점점 가늘어지는 여인의 기억 한가운데 대도시 남자들, 드레스, 샴페인, 향내 나는 수염…… 그 모든 것들이 뛰어나와 아우성치는 듯했다.

"입맛이 없어요. 먹고 싶지 않아요."

그녀는 수줍은 듯한 어투로 말했다.

그녀는 화로 앞에 무릎을 꿇고 시뻘겋게 달아오른 숯덩이들을 쑤셔 댔다. 크림을 바른 그녀의 볼이 반짝였다. 이마로 흘러내린 머리카락 하나가 불에 닿았다. 방 안에 머리카락 타는 역한 냄새가 났다.

"안 먹을래요. 안 먹어……." 늙은 세이렌은 우리가 별 신경을 쓰지 않는 것을 보자 다시 중얼거렸다.

조르바가 화난 듯 주먹을 꽉 쥐었다. 그러나 결정을 내리지 못하고 한동안 그대로 있었다. 부인을 혼자 중얼거리게 두고 신나게 음식을 먹을 수도 있었고, 달콤한 말로 달랠 수도 있었다. 나는 햇볕에 탄 조르바의 얼굴을 보며 그의 마음속에 갈등의 물결이 치고 있음을 알 수 있었다.

이윽고 그는 표정이 온화해졌다. 결정을 내린 것이다. 그는 세이렌 옆에 무릎을 꿇고 그녀의 무릎을 움켜쥐며 애절하게 말했다.

"오, 나의 부불리나. 먹지 않으면 큰일 나요. 자, 꼬마 돼지를 불쌍히 여겨 주세요. 어서 이 귀여운 다릴 뜯어 줘요."

그러고는 버터를 바른 새끼 돼지 다리 하나를 그녀의 입에 밀어 넣었다.

그는 그녀를 안고 일으켜 세워 우리 둘 사이에 있는 의자에 앉혔다.

"먹어요. 나의 보물. 그래야 성자 바실리오스 대성인이 오시지, 안 그러면 안 와요. 우리 마을은 들르지 않고 곧장 고향 카이세리로 가실 거예요. 그냥 돌아서서 서류, 잉크, 케이크와 아이들 선물 그리고 이 새끼 돼지구이도 챙겨서 가실 거예요. 그러니 어서 귀여운 입을 벌려요. 어서 먹어요."

그는 손가락을 부인의 겨드랑이에 넣어 간지럼을 태웠다. 그러자 늙은 세이렌은 까르르 웃었다. 그녀는 붉게 충혈된 눈을 닦고 잘 구워진 새끼 돼지 다리를 먹기 시작했다.

바로 그 순간 발정 난 고양이 두 마리가 우리 머리 위에서 울기 시작했다. 고양이는 말로 표현하기 어려운 소리로 증오에 찬 듯 울어 댔다. 높아졌다가 낮아졌다가 갑자기 위협하는 소리가 나기도 했다. 고양이들은 갑자기 천장 위에서 서로를 할퀴며 격렬한 소리를 냈다.

"야옹, 야옹," 조르바는 늙은 세이렌에게 윙크하며 고양이 소리를 흉내 냈다.

부인은 웃으며 식탁 아래에서 그의 손을 잡았다. 그녀는 목구멍의 긴장이 풀렸는지 왕성하게 먹기 시작했다.

해가 저물며 조그만 채광창으로 빛줄기가 들어와 부인의 발 위에 앉았다. 병이 비었다. 조르바는 들고양이처럼 뻣뻣한 수염을 세우고 암컷에게 다가갔다. 부인의 머리가 조르바의 어깨로 쓰러졌다. 부인은 그의 술 냄새 섞인 숨결을 느끼며 몸을 떨었다.

"보스 양반, 이 신비는 또 무엇일까요." 조르바는 고개를 돌려 내게 말했다. "나는 모든 게 거꾸로 흘러가요. 내가 어렸을 때 사람들은 내게 늙은이 같다고 했어요. 애가 좀 아둔하고 말이 없었대요. 그런데 말을 하면 굵은 목소리를 냈거든요. 사람들이 날더러 할아버지 같다고 했죠. 그런데 나이가 들자 점점 가벼워졌어요. 스무 살에 나는 짓궂은 행동들을 했지만 심하지는 않았어요. 마흔이 되자 젊음이 넘치는 게 느껴지고 미친 지랄을 했어요. 나는 지금 예순, ─보스 양반, 난 지금 예순다섯이오만 비밀입니다.─ 예순을 넘겼지만 이걸 설명할 수 있을까. 이 세계가 너무 작다고 느껴져요."

그는 술잔을 들고 우리끼리만 대화한 게 미안했는지 부인 쪽으로 돌아앉았다. 그는 부인에게 존경을 표하며 정중하게 말했다.

"나의 숙녀 부불리나. 하느님이 보우하사 올해 당신의 이와 눈썹이 돋아나고 피부가 다시 대리석처럼 매끈하게 되게 하시며 당신 목을 감싸는 괴상한 리본은 버리게 되기를. 그리고 크레타에 또 혁명이 터져 네 강대국의 함대가 다시 오기를……. 부불리나여. 함대가 돌아오면 제독들의 수염도 예나 다름없이 향수를 뿌리고 곱슬곱슬하기를. 나의 세이렌이여. 그러면 당신은 파도 위를 날며 노래를 부르겠죠. 모든 함대가 이 무시무시한 바위에 부딪혀 산산조각나기를."

조르바는 큼직한 손을 부인의 축 처진 가슴 위에 올려놓았다.

조르바는 다시 흥분해 목소리가 갈라져 있었다. 나는 어떤 영화에서 본 터키의 파샤(장군 · 총독 · 사령관 등 문무의 고위 관료)가 생각났다. 파샤가 파리의 한 카바레에서 금발의 젊은 여직원을 무릎에 앉히고 노닥거리고 있었다. 파샤가 흥분하자 터키모자에 달린 술이 슬금슬금 발기되어 처음에는 수평이 되었다가 수직으로 꼿꼿이 서는 장면이었다.

“보스 양반, 뭐가 그렇게 웃긴가요?” 조르바가 물었다.

우리의 착한 부인은 온통 조르바의 말에 취해 있었다.

“오, 조르바. 정말 그런 일이 일어날까요. 나의 청춘은 끝났는데…….”

조르바는 의자를 더 바싹 붙였다. 조르바는 부인이 입은 보디스의 세 번째 단추를 벗기려고 애쓰며 말했다.

“들어봐요. 내가 당신에게 줄 선물이 있어요. 용한 의사가 있는데 그 의사가 당신에게 물약이든 가루약이든 주면 당신은 다시 스무 살로 회춘한대요. 최소한 스물다섯은 보장한대요. 그러니 울지 말아요. 내가 유럽에서 당신을 위해 약을 주문할게요.”

늙은 세이렌은 깜짝 놀랐다. 부인의 성긴 머리카락 사이로 반짝거리는 붉은 피부가 보였다. 부인은 통통한 팔로 조르바를 안았다. 그러고는 고양이처럼 웅얼거렸다.

“정말이에요? 정말? 물약이면 큰 병으로 하나, 가루약이면…….”

“한 자루 주문하지!” 조르바가 세 번째 단추를 풀며 대답했다.

한동안 조용하던 고양이들이 다시 야옹거리기 시작했다.

한 마리의 울음소리는 애원하는 듯했고, 다른 한 마리는 겁을 주는 듯했다.

우리의 착한 숙녀는 하품하고 게슴츠레하게 눈을 뜨며 종알거렸다.

"저 고양이들 소리가 들려요? 정말 창피한 줄도 모르나 봐." 부인은 조르바의 무릎에 앉았다.

그녀는 조르바의 목에 기대 땅이 꺼질 듯 한숨을 쉬었다. 술을 많이 마셔서 눈이 풀려 있었다.

"우리 부불리나, 지금 무슨 생각을 하고 있소?" 조르바가 그녀의 가슴을 움켜쥐었다.

"알렉산드리아……." 많은 여행을 한 늙은 세이렌이 중얼거렸다.

"알렉산드리아…… 베이루트…… 콘스탄티노플, 터키 여자들, 아랍 여자들, 세르베티, 파수마키, 페즈 모자……."

그녀는 한 번 더 한숨을 쉬고 말을 이었다.

"알리베이가 나랑 잘 때 콧수염과 눈썹이 얼마나 멋졌는지, 또 팔뚝은 어떻고요. 나에게 돈을 많이 주었죠. 나는 우리 집 마당에서 새벽까지 연주했어요. 그러자 이웃 여자들은 샘이 나서 못 견뎠어요. 화내면서 말했죠. '알리베이가 또 저년하고만 어울렸구나.' 그 뒤 내가 콘스탄티노플에 갔을 때 술레이만 파샤는 금요일이면 나를 밖으로 못 나가게 했어요. 왜냐하면 술탄이 모스크 가는 길에 날 보고 반해서 끌고 갈까 봐. 매일 아침 호위병 세 명을 문 앞에 세워 남자들의 접근을 막았죠. 오, 나의 술레이만."

늙은 세이렌은 손수건을 꺼내 입에 넣고 깨물며 거북이처럼 씩씩거렸다.

조르바는 화가 났는지 그녀를 옆 의자에 내려놓고 일어섰다. 그러고는 방 안을 몇 번 왔다 갔다 하며 늙은 세이렌처럼 한숨을 쉬었다. 방이 갑자기 갑갑한 듯했다. 그러다가 그는 지팡이를 집어 들고 밖으로 갔다. 그는 사다리를 벽에 걸치고 두 칸씩 올라가고 있었다.

"조르바, 누굴 혼내려고 그래요? 술레이만 파샤를 혼내려고?" 내가 소리쳤다.

"저 빌어먹을 고양이들. 나를 가만히 안 놔두는군."

그 역시 소리치고 지붕으로 뛰어 올라갔다.

취한 오르탕스 부인은 머리를 풀어 헤치고 눈을 감았다. 이가 빠진 입에서는 코 고는 소리가 흘러나왔다. 잠이 그녀를 번쩍 들어 동방의 대도시로, 비밀 정원으로, 음침한 하렘으로 데려다 놓았다. 잠은 부인이 벽들을 건너 꿈꾸게 했다. 부인은 꿈에서 낚싯줄 네 개를 던져 전함 네 척을 낚았다.

늙은 세이렌은 잠결에 미소를 짓고 있었다.

조르바는 지팡이를 흔들며 방으로 들어왔다.

“잠들었나?” 그가 부인을 내려다보며 물었다. “암퇘지 잠든 거요?”

“네. 잠들었어요. 조르바 파샤. 늙은 사람을 젊게 만드는 ‘잠’이라는 박사가 데려갔어요. 지금쯤 스무 살이 되어 알렉산드리아를, 베이루트를 누비고 있겠죠.”

“에이, 늙은 암퇘지. 지옥에나 가라지.” 조르바가 중얼거리며 침을 뱉었다. “저 히죽거리는 꼴을 봐요. 뻔뻔해라. 누굴 보고 웃을까. 나갑시다.”

“그녀를 혼자 두고 떠나다니 부끄럽지 않소?”

“저 여자는 혼자가 아니에요. 술레이만 파샤와 있어요. 지금 일곱 번째 천국으로 간 거요. 더러운 암캐. 갑시다!”

그는 모자를 눌러쓰고 문을 열며 또 한 번 소리를 질렀다.

우리는 차가운 밖으로 나왔다. 달은 조용히 하늘을 가로지르고 있었다. 조르바는 역겹다는 듯 말했다.

“여자들이란. 하긴 여자 잘못이 아니라 술레이만이나 조르바 같은 남자들 잘못이죠.”

그는 잠깐 말을 끊더니 다시 말을 시작했다.

“아니. 우리들 잘못도 아니죠. 오직 한 놈. 딱 한 놈이 책임져야죠. 누군지 아시죠?”

“그런 존재가 있다면요. 그런데 만약 없다면?” 내가 물었다.

"맙소사. 그럼 우린 끝장난 거죠, 뭐."

우리는 꽤 오랜 시간 말없이 걸었다. 조르바는 생각에 잠긴 것 같았다. 이따금 지팡이로 돌을 치며 침을 뱉었다. 그러다가 갑자기 돌아서서 말했다.

"하느님이시여. 우리 할아버지를 축복해 주시기를. 우리 할아버지는 여자들을 엄청 좋아하셨거든요. 여자 때문에 문제가 많았죠. 여자들이 할아버지를 한평생 괴롭혔죠. 내게 이렇게 말씀하셨어요. '알렉시스, 여자를 조심해라. 하느님이 아담의 갈비뼈를 뽑아 여자를 만들려고 했을 때—그 순간에 저주가 있으라.—악마가 뱀으로 변신해 그 갈비뼈를 가로채 도망갔지. 하느님이 쫓아가 뱀을 잡았지만 이놈이 몸은 빠져나가고 뿔만 남았단다. 하느님이 말씀하시기를 살림 잘하는 여자는 숟가락으로 바느질도 하니, 나도 이 악마의 뿔로 여자를 만들리라. 그러고 만드신 거지. 알렉시스, 그래서 악마가 우리를 못 살게 구는 거란다. 여자의 몸 어디를 만져도 그건 악마의 뿔이야. 여자를 조심해라. 에덴동산에서 사과를 훔쳐 가슴에 숨겼단다. 여자 가슴이 볼록한 건 그 때문인데 요새는 보란 듯이 흔들고 다니지. 저주받을 것들. 만일 그 사과를 먹으면 넌 망하는 거야. 먹지 않는다고 해도 넌 망하는 거야. 그러니 얘야, 네게 무슨 충고를 할 수 있겠니. 하고 싶은 대로 하렴.' 하늘에 올라가신 할아버지가 내게 준 교훈이죠. 그러니 내가 분별 있게 자랄 수 없었죠. 할아버지가 그랬듯이 저도 악마를 따라갔죠."

우리는 빠르게 마을을 지났다. 달빛은 불안하게 마을을 비추고 있었다. 술을 마시고 나오니 세상은 다른 모습이었다. 길은 우유의 강으로 흐르고 있었고, 길에 파인 구멍이나 웅덩이에는 하얀 석회가 있었다. 산은 눈이 덮여 하얗게 빛나고 있었다. 내 손과 얼굴, 목이 반딧불이처럼 빛난다면, 그리고 달이 이국적인 훈장처럼 가슴에 매달려 있다면.

우리는 말없이 빨리 걸었다. 취기가 올라 몸이 가벼워지고 있었다. 우리 뒤로 멀어지는 마을에서는 개들이 지붕 위에서 달을 보며 짖고 있었다. 우리도 이유 없이 올라가 개처럼 짖어야 할 것 같은 기분이었다.

우리는 과부의 집 앞까지 왔다. 조르바는 걸음을 멈추었다. 술과 맛있는 음식에 취한 조르바는 잔뜩 흥분해서 고개를 뽑고 당나귀의 울음소리처럼 우렁찬 목소리로 노골적인 가사의 시를 읊었다.

> 난 너의 예쁜 몸이 너무 좋아. 허리 아랫부분을 좋아하네.
> 장어를 받더니 이내 죽어 버리네.

"저 여자 역시 악마의 뿔이에요. 갑시다."

우리가 오두막에 도착한 것은 새벽이 다가오는 때였다. 나는 침대 위에 쓰러져 옷을 벗었다. 조르바는 씻고 화로에 불을 지피고 커피를 끓였다. 그는 문 앞 바닥에 앉아 담배를 피웠다. 바다를 바라보는 그는 아무 말도 미동도 없이 조용했다. 그는 진지한 얼굴로 생각에 잠긴 것 같았다. 나는 그 얼굴을 보며 내가 좋아하는 일본 그림을 떠올렸다. 한 수도승이 황색 가사를 입고 가부좌를 틀고 앉아 아무런 두려움 없이 어두운 밤을 응시하고 목을 세운 채 웃고 있는 그림이다.

달빛 아래에 있는 조르바를 보며 나는 감탄이 나왔다. 어쩌면 저렇게 쾌활하고 단순하게 세상과 조화를 이룰 수 있는지. 그는 육체와 영혼이 조화로운 사람이었다. 또 여자, 빵, 물, 고기, 정신, 잠 이 모든 것이 그의 몸과 결합하고 있었다. 나는 여태껏 우주와 인간이 이렇게 다정하게 맺어진 것을 본 적이 없었다.

달은 얼마 있지 않아 기울었다. 둥근 달은 푸르스름한 빛이었다. 표현되지 않는 적막이 바다 위로 드리웠다.

조르바는 담배를 집어던지고 바구니를 뒤졌다. 그 속에서 끈, 도르래, 그리고 자잘한 나뭇조각을 꺼냈다. 그는 등잔불을 밝히고는 케이블 실험을 했다. 조잡한 자신의 장난감을 진지하게 들여다보며 복잡한 수학 문제를 푸는 사람처럼 고개를 내젓거나 머리를 쥐어뜯었다.

조르바는 갑자기 싫증이 난 모양이었다. 그는 케이블 모형을 발로 걷어찼고, 그것은 그대로 부서졌다.

12

나는 잠에 빠졌다. 눈을 떴을 때 조르바는 없었다. 여전히 추웠고 나는 일어나고 싶지 않았다. 머리맡으로 손을 뻗어 내가 항상 지니고 다니는 말라르메(프랑스의 시인)의 시집을 꺼냈다. 아무 곳이나 펼쳐 읽기 시작했다. 시집을 덮었다가 다시 열었다. 그리고 다시 멀리 던져 버렸다. 오늘 처음으로 그의 시에서 핏기도, 향기도, 인간도 느끼지 못했다. 그의 시가 공허하게 느껴졌다. 그 시들은 무균의 증류수처럼 미생물도 없고 영양분도 없고 생명도 없는 것 같았다.

종교가 퇴색하면 신들은 시의 모티프가 되거나 인간의 고독이나 벽을 장식하는 자수품으로 전락한다. 말라르메의 시들이 그랬다. 흙과 씨앗으로 가득한 마음속의 갈망은 진부한 지적 놀이, 허공의 누각으로 전락하고 말았다.

나는 다시 시집을 펼쳐 읽어 보았다. 어째서 나는 이 시에 사로잡혔던 것일까? 순수시. 여기에서 인생은 피 한 방울조차 지탱하지 못할 만큼 투명하고 가벼운 장난이었다. 섹스와 육체, 열정적인 아우성은 상스럽고 불순하니 정신이라는 용광로 안에서 희석되어 흩어져 버리는 관념으로 바뀌었다.

그동안 나를 사로잡았던 모든 것들이 하나같이 사기꾼의 현란한 줄타기로만 보였다. 문명의 끝자락이 되면 인간의 고뇌는 엇비슷하게 종말을 맞는다. 즉, 기술적으로 숙련된 미술, 순수시, 순수 음악, 순수 사고 등이 대 마법사의 속임수로 끝난다. 모든 신념과 망상에서 자유로워진, 그래서 더 이상 무엇도 기대하지 않고 아무것도 두려워하지 않는 인간, 그가 속한 땅은 숨결이 되어 더 이상 자양분을 주거나 받기 위해 뿌리를 내릴 수 없는 그런 인간 말이다. 그런 인간은 씨앗도 똥도 피도 다 비워 버렸다. 껍데기만 남고 속이 비어 버린 것이다. 모든 물질적인 것들도 언어로 변질되고, 장난기 어린 율동 같은 낱말만 남아 있다. 이제 그 마지막 인간은 사막의 가장자리에 앉아 음악을 수학적 비율로 분해한다.

나는 자리를 박차고 일어났다. 부처야말로 마지막 인간이다. 나는 소리를 질렀다. 부처는 모든 것을 비우고 아무것도 소유하지 않은 순수 영혼이었다. 부처는 곧 공(空)이다. 부처는 이렇게 소리쳤다. "네 육신을 비워라! 네 정신을 비워라!

네 마음을 비워라!" 그의 발이 어디를 가든 그곳에서는 더 이상 물이 흐르지 않고 풀도 돋지 않고 아이가 태어나지 않는다. '내가 그를 에워싸야만 해.' 나는 생각했다. 나는 비유와 마술적인 주문으로 그를 포위하고 꼬드겨서 나의 내면에서 나오게 해야 한다. 언어로 짠 그물망을 던져 그를 포획하고 나를 구원해야 한다고 생각했다.

내가 집필하던 희곡 '부처'는 더 이상 문학적 유희가 아니었다. 나의 내부에 존재하는 엄청난 추진력과의 싸움이었다. 내 마음을 좀먹는 거대한 부정에 맞서는 결투였다. 이 결투에는 내 삶이 걸려 있었다.

나는 기쁜 마음으로 원고를 쥐었다. 그 심장이 어디 있는지 알아냈다. 드디어 어디를 공략할지 알게 되었다. 부처는 마지막 인간이었고 우리는 아직 출발선에 있었다. 충분히 먹지도 마시지도 입맞춤도 하지 않았다. 제대로 살아 보지도 못했다. 연약하고 맥 빠진 늙은이가 너무 일찍 우리에게 왔다. 이제는 그가 떠날 수 있게 해야 한다.

나는 속으로 혼자 외치며 글을 쓰기 시작했다. 그것은 이제 단순한 글쓰기가 아니었다. 이것은 전쟁이고 무서운 사냥이었다. 야수가 은신처에서 나오도록 포위하는 것이었다. 예술은 진실로 마술의 주술이다. 우리의 가슴속에는 상상하고, 파괴하고, 증오하고, 모욕하려는 어둡고 끔찍한 충동이 자리

하고 있다. 예술은 감미로운 피리 소리를 내며 나타났다.

나는 온종일 글을 쓰고 싸웠다. 그래서 저녁이 되자 완전히 지쳤다. 그러나 앞을 향해 나아갔고 몇 개의 고지를 점령했다. 나는 조르바가 돌아오기를 기다렸다. 그래야 먹고 자고 다시 새로운 힘을 찾아 아침이 되면 전투를 시작할 수 있을 테니까.

조르바는 등불을 밝힐 때가 되어서야 집에 들어왔다. 그의 얼굴은 빛나고 있었다. '조르바도 무언가를 찾았군.' 나는 이렇게 생각했다. 며칠 전 나는 그에게 진저리가 나 화낸 적이 있었다. "조르바, 돈이 다 떨어져 가요. 무엇이든 빨리 해 봅시다. 케이블을 빨리 실행해 봅시다. 갈탄이 안 되면 목재 사업을 하자고요. 안 그러면 우리는 망해요."

조르바는 머리를 긁적이며 말했다.

"돈이 떨어져 간다고요? 안 좋은 소식이네요."

"바닥이 보여요. 우리가 다 먹어치웠어요. 케이블 설치는 어떻게 되어 가요? 아직 안 되나요?"

조르바는 고개를 숙이고 대답하지 않았다. 창피한 것 같았다. 그때 그는 속으로 해내겠다는 다짐을 한 것 같았다. 마침내 이날 그의 얼굴에서는 빛이 났다.

"보스 양반, 찾아냈어요." 조르바는 먼발치에 있는 사람처럼 소리를 질렀다. "드디어 정확한 경사 각도를 찾아냈다고요. 요리조리 빠져나가려 했지만 내가 꽉 잡았어요."

"그래요? 그럼 서두릅시다. 불붙게 하자고요. 전속력으로요! 이제 뭐가 필요한가요?"

"내일 아침 철사 케이블, 도르래, 베어링, 못, 갈고리 등 필요한 것들을 사러 카스트로로 가야 해요. 재빨리 다녀오겠소."

조르바는 신이 나서 불을 지피고 요리했다. 우리는 식욕이 돋아 신나게 먹고 마셨다. 오늘 우리는 둘 다 열심히 살았다.

다음 날, 조르바와 함께 마을에 갔다. 우리는 갈탄광 사업에 대해 실무적인 대화를 나누었다. 한번은 산비탈에서 조르바가 돌을 차 돌이 굴러 내려갔다. 조르바는 그렇게 멋진 장면은 처음이라는 듯 그 자리에 서서 굴러가는 돌을 보았다. 나를 돌아보는 그의 눈에는 공포가 서려 있었다. "눈치 챘소? 돌멩이들은 내리막길에서 다시 생명을 얻어 살아납니다!"

나는 말하지 않았지만 매우 기뻤다. 위대한 예언자나 시인은 이런 방식으로 모든 사물을 바라본다. 마치 태어나 처음 보는 것처럼 말이다. 아침마다 새로운 세상이 그들 눈앞에 펼쳐진다. 아니, 그들은 새로운 세상을 보는 것이 아니라 새로운 세상을 창조하는 것이다.

최초의 인간들을 위해 세상이 존재했듯이 이 세상은 조르바를 위해 존재했다. 별들이 그를 만져 주었고, 바다가 그의 관자놀이에 닿아 부서졌다. 그는 판단할 때 왜곡이 없었고 땅과 물, 동물들과 하느님을 몸소 경험했다.

오르탕스 부인도 소식을 듣고 문 앞에서 분을 덕지덕지 바른 채 우리를 기다리고 있었다. 그녀는 토요일 저녁의 카바레 가수처럼 요란하게 치장하고 있었다. 조르바는 노새 등에 뛰어올라 고삐를 잡았다. 늙은 세이렌은 조심스레 다가가 노새의 가슴팍에 손을 얹었다. 마치 그녀를 위해 노새가 떠나지 않기를 바라듯이.

"조르바." 그녀는 웅얼거리며 손톱 끄트머리를 세웠다. "조오오르바."

조르바는 고개를 돌리며 딴청을 부렸다. 그는 길거리에서 이런 식으로 징징거리는 것이 마음에 안 들었다. 가여운 부인은 조르바의 시선에 당황했지만, 그래도 손은 노새의 가슴에 대고 있었다.

"왜 그래요?" 조르바는 짜증을 내며 말했다.

"조르바, 조심해요." 부인은 애원하며 웅얼거렸다. "조르바, 나를 잊지 마세요."

조르바는 대답하지 않고 고삐를 잡아당겼다. 그러자 노새가 움직이기 시작했다.

"잘 다녀 오세요." 나는 소리쳤다. "딱 사흘입니다. 더는 안 됩니다."

조르바가 돌아보며 큰 손을 흔들었다. 늙은 세이렌은 울기 시작했고, 눈물은 분 더미에 도랑을 만들었다.

"약속하겠소. 곧 돌아옵니다!"

조르바는 그렇게 소리치고 숲 사이로 사라졌다. 오르탕스 부인은 계속 울었다. 울면서 자신의 애인이 편히 가라고 노새에게 얹어 준 빨간 담요가 올리브의 은빛 이파리 사이로 보이는 모습을 기쁜 마음으로 바라보았다. 잠시 후 그것조차 보이지 않았다. 그녀는 주위를 둘러보았다. 세상이 텅 빈 것 같았다.

나는 해변으로 돌아가려다가 산 쪽을 향해 올라갔다. 오르막길에 도착하기도 전에 트럼펫 소리가 들렸다. 시골 우편배달부가 마을에 도착했다는 것을 알리는 소리였다.

"사장님!" 배달부가 나를 불렀다. 그리고 다가와 신문과 잡지, 두 통의 편지를 건넸다. 편지 한 통은 주머니에 넣었다. 하루를 끝내고 마음이 차분해질 때 읽고 싶어서였다. 누가 보냈는지 알고 있었기에 기쁨을 더 간직하고자 읽는 것을 미루었다.

나머지 한 통은 신경질적으로 쓴 필체와 이국의 소인으로 볼 때 누가 보냈는지 금방 알 수 있었다. 예전에 학교를 같이 다닌 카라얀니스가 보낸 것이었다. 이 편지를 보낸 친구는 괴팍하고 엉뚱하고 가무잡잡한 피부에 이가 눈처럼 하얀 것이 특징이었다. 그는 조용히 말하지 않고 늘 소리를 질렀다. 토론도 언쟁으로 변하기 일쑤였다. 그는 아주 젊었을 때 수도승이 되어 종교 과목을 가르치다가 고향 크레타로 떠났다. 여학생 하나와 놀아났던 것이다. 어느 날 들판에서 입맞춤을 하다가 들켜서 놀림감이 되었다. 바로 그날로 교수는 성직자의 옷을 버리고 배를 탔다. 그리고 친척이 있는 아프리카로 갔다. 그곳에서 밧줄을 만드는 공장을 차렸다. 이 사업으로 그는 큰돈을 벌었다. 그는 가끔 내게 편지를 보내 반년 정도 함께 지내자고 제안했다. 나는 그의 편지를 열 때마다 읽기도 전에 줄로 묶인 여러 장의 편지에서 세찬 바람이 나오는 것을 느낄 수 있었다. 그럴 때마다 머리가 쭈뼛 섰다. 그를 보기 위해 아프리카로 갈 생각을 했지만 매번 미루고 있었다.

나는 길에서 벗어나 바위에 잠시 앉아 편지를 읽기 시작했다.

그리스 거머리여. 그래, 언제쯤 올 텐가. 내 생각에 넌 틀림없이 진정한 그리스인이 되어 카페를 어슬렁거리며 돌아다니고 있을 거야. 카페만이 아니지. 책도, 습관도, 거창한 사상도 하나같이 카페라고 할 수 있지. 이곳은 지금 일요일이네. 그래서 오늘 일을 쉬지. 난 지금 내 소유의 집에 앉아 네 생각을 하고 있어. 태양이 지글거려. 그런데 비는 한 방울도 내리지 않는군. 이곳에서 비는 4월, 5월, 6월은 되어야 오지. 그런데 한번 오면 홍수가 난다네. 나는 완전히 외톨이야. 그리고 난 이게 좋아. 이곳에도 그리스 놈들이 있지만 나는 그들과 어울리지 않아. 나는 놈들을 정말 싫어하거든. 망할 놈의 그리스인들은 여기서도 문둥병을 짊어지고 있어. 빌어먹을 정파 싸움. 유럽인들이 싫고 그중 그리스 놈들과 그리스에 관련된 모든 것이 싫어. 나는 다시는 그리스 땅을 밟지 않을 거네. 이곳에 뼈를 묻을 거야. 벌써 집 바로 앞 산비탈에 무덤 자리도 만들었네. 비석에 대문자로 직접 묘비명도 새겨 넣었지.

그리스 놈들을 증오하는
그리스 놈이 여기 잠들다.

그리스를 생각할 때마다 침을 뱉으면서 상소리를 했지. 하지만 난 고향을 생각하면 눈물이 나. 나는 그리스 사람들과 그리스 기질을 피하려고 이곳에 온 거야. 이곳으로 나의 운명을 옮긴 거지. 바로 운명을 이곳에 데려와 일했고, 지금도 여전히 그렇게 지내네. 땀을 강처럼 흘렸고 앞으로도 그럴 거네. 나는 땅과 바람과 비, 그리고 검은 피부의 일꾼들과 싸우네.

재미가 없지. 재미있는 것은 일하는 것뿐이네. 육체노동과 정신노동 둘 다. 하지만 육체노동이 좋다네. 몸이 지치고 뼈가 우두둑거리는 소리를 듣는 것이 좋아. 나는 돈을 경멸해. 내키는 대로 버리다시피 쓰고 있네. 나는 돈의 노예가 아니야. 돈이 나의 노예지. 맹세컨대 난 일의 노예야. 영국인들과 계약해서 밧줄을 만들어. 벌목도 하고, 지금은 목화 재배 계획도 있다네. 데리고 있는 인부들이 아주 많지. 피부가 검은 인부, 붉은 인부, 흑인과 붉은 피부의 혼혈아 등 수많은 인부를 부리네. 똥개 같은 놈들이지. 운명론자들이네. 음탕하고 몸도 안 씻고 거짓말하고 방탕하지. 어제는 여자 하나를 두고 나의 흑인 인부들 중 와기아오족과 왕고니족 사이에 싸움이 벌어졌지. 창녀 하나를 두고 말이야. 자네도 알다시피 자존심 싸움이지. 꼭 그리스인들과 똑같지. 욕지거리를 해 대고 몽둥이질을 해서 머리통이 터졌어. 여자들이 달려와 나를 깨우며 중재해 달라고 소리쳤지. 나는 그만 화가 나서 그년들을 쫓아내고 영국 경찰에나 가라고 했지. 그런데도 내 집 문 앞에서 울부짖었어. 새벽이 되어서야 난 중재에 나섰네.

내일 아침 일찍 나는 울창한 정글과 시원한 물이 있는 우숨바라 숲으로 갈 걸세. 그리스인이여. 도대체 언제쯤 유럽이라는 창녀들과 지상의 모든 구역질 나는 것들의 어머니라고 할 바빌론에서 벗어날 셈인가. 언제 이리로 와서 이 깨끗한 산을 함께 올라갈 생각인가 말이야.

나에게는 흑인 여자에게서 태어난 아이가 하나 있네. 여자 아이지. 어미는 내쫓았어. 벌건 대낮에 나무 그늘을 찾아다니며 서방질을 했거든. 더 이상 참지 못해 내쫓았지. 하지만 아이는 내가 키워. 이제 겨우 두 살이야. 아장아장 걸으며 말하기 시작했네. 나는 아이에게 그리스어를 가르치고 있네. 아이에게 제일 먼저 가르친 말이 '그리스 놈들, 엿 먹어라!'였어.

아이가 나를 꼭 닮았지. 단지 코가 넙데데하고 납작한 건 어미를 닮았네. 나는 아이를 사랑하지만 그건 개나 고양이를 예뻐하는 것과 비슷하지. 애완동물처럼 말이야. 너도 이곳에 와서 우숨바라 부족 여자에게 아들 하나를 낳아 나와 사돈을 맺는 건 어떤가.

나는 무릎 위에 편지를 펼쳐놓았다. 마음속으로 떠나고 싶은 충동이 스쳐 갔다. 꼭 그럴 필요가 있는 것은 아니었다. 이미 해변가에서 아쉬움 없이 편안하게 지내고 있다. 이곳은 나를 잘 품어 주었고 부족한 것도 없었다. 하지만 죽기 전에 되도록 많은 바다와 땅을 보고 만지고 싶은 욕망이 나를 가만두지 않았다.

나는 자리에서 일어나 마음을 바꿔 산으로 오르지 않았다. 해변으로 발길을 돌려 내려갔다. 나는 윗옷 주머니 안에 있는 편지를 더 이상 기다릴 수 없었다. 나는 속으로 즐거움에 대한 고통스러우면서도 기대되는 쾌락을 잘 견뎠다고 생각했다.

나는 오두막에 도착하자마자 불을 피우고 차를 끓여 버터를 빵에 발라 먹고 침대에 누워 편지를 읽었다.

나의 선생이요, 제자여.

여기 일은 아주 많다네. '하느님'에게 영광이 있기를! '하느님'이라는 위험한 낱말을 따옴표에 붙여 몰아넣었지. 네가 편지를 뜯자마자 화내지 않았으면 해서. 그건 그렇고 '하느님' 덕분에 정말 일이 많다네. 남부 러시아에서 50만 그리스 동포들이 위험에 처해 있다네. 그중 대부분은 터키어와 러시아어밖에 못 해. 하지만 그들은 마음에서만큼은 열렬하게 그리스어로 말하지. 우리 동포들이거든. 그들을 지켜보기만 해도 이해가 갈 거야. 기회를 노리는 반짝이는 눈, 교활하고 관능적인 미소를 머금은 입술, 그리고 그들이 어떻게 러시아 농민을 다루는 상전이 됐는지 지켜보면 이들이 우리가 친애하는 오디세우스의 진정한 후손이라는 걸 알 수 있을 거야. 그러니 자네도 그들을 좋아하게 될 거고 그들이 죽도록 내버려 두지 않을 거야.

왜냐고? 지금 이들은 정말 파멸 직전이지. 가진 것을 모두 잃고 굶주리고 있어. 한편에선 볼셰비키가 쫓고 있고 한쪽에선 쿠르드족에게 쫓기지. 사방에서 모여 그루지야와 아르메니아의 조그만 도시로 피난 와서 먹을 것도 옷도 의약품도 없어. 그들은 항구에 모여 모국인 그리스로 데려가 줄 증기선만 애타게 기다리고 있지. 나의 사랑하는 선생이여. 우리 민족의 한 무리가, 다시 말해 우리 영혼의 한 부분이 지금 잔뜩 겁에 질려 있네.

우리가 이들을 운명에 맡긴다면 그들은 죽고 말 거야. 우리가 그들을 성공적으로 구해 우리들의 자유로운 땅이자 우리 민족 대부분의 이익이 걸린 트라케 지방 건너편 마케도니아로 이주시키려면 상당한 열정과 작전이 필요해. 우리는 꼭 이 일을 해야 하네. 수십만의 그리스인들을 살릴 수 있고, 우리 자신도 그들과 함께 구원될 거야. 나는 이곳에 도착해서 자네의 가르침대로 원을 하나 그리고, 그것에 '나의 의무'라는 이름을 지어 줬네. 그런 다음 말했지. 내가 만약 이 원을 구할 수 있다면 나 역시 구원받고, 실패한다면 나 역시 파멸이다. 원 안에는 그리스인 50만 명이 있네.

나는 이 나라, 저 나라를 뛰어다니며 그리스인들을 모으고 공문서를 작성하고 전보를 치고 이곳에 해외 식량과 옷, 식료품을 보내 달라고 하지. 또 이 영혼들을 그리스로 데려가 달라고 공무원들을 설득하고 있지. 이런 돌머리들과 싸우는 것이 행복하면 지금 행복하다고 할 수 있지. 자네 표현대로 내가 내

키에 맞는 행복을 재단했는지 잘 모르겠네. 하지만 나는 내 몸을 성공이라고 하는 것의 크기에 맞추는 것을 더 좋아해. 다시 말해서 그리스의 가장 머나먼 국경까지 내 키를 늘리고 싶네. 이제 이론으로 그치는 일은 그만할 거야. 너는 크레타의 해변에 누워 몸을 뻗고 바닷소리와 산투리 소리를 듣고 있겠지. 네게는 시간이 있지만 나는 없어. 나는 일에 매여 있는 게 기쁘다네. 행동. 그 밖의 다른 구원은 없어. 태초에 행동이 있었느니라. 그리고 종말에도 있을 거야.

지금 나는 매우 단순하네. 내가 말하고 싶은 것은 캅카스 주민들, 카르스의 농부들과 트빌리시와 바툼, 노보로시스크, 로스토프, 오데사, 크리미아의 부유한 상인들, 이 모든 사람이 우리의 동포이고 우리 핏줄이라는 거야. 우리처럼 그들도 콘스탄티노플을 수도로 생각해. 우리 모두 같은 지도자를 오디세우스라고 부르네. 다른 사람들은 콘스탄티누스 팔라이올로구스 황제라고 부르지. 살해당한 사람 말고 다른 사람, 즉 전설이 되어 대리석상으로 남은 황제지. 나는 허락된다면 우리 민족 지도자는 아크리타스라고 하고 싶어. 나는 이 말을 매우 좋아해. 좀 더 위엄 있으면서 쉬지 않고 싸우는 그리스인들이 떠오르기 때문이지. 이들은 국경에서뿐 아니라 정신적인 전투에서도 치열하게 싸우지. 그런 이유로 이 말은 가장 호전적인 낱말이지. 그리고 디게네스에 대해 이야기하면 우리 민족, 동서

양의 종합을 한층 더 깊게 얘기하게 되지.

지금 나는 카르스에 와서 주변 마을에서 그리스인들을 모으고 있다네. 내가 도착한 날 쿠르드족이 카르스 외곽에서 우리 신부 한 분과 선생 한 명을 붙잡아서는 노새에게 하듯 발에 편자를 박았네. 사람들은 겁에 질려 내가 은신처로 만든 집으로 몰려왔지. 쿠르드족의 대포 소리가 점점 들리는군. 내게 무슨 힘이 있는 것처럼 나만 쳐다보고 있다네.

나는 내일 트빌리시로 떠날 예정이야. 그렇지만 이런 위협 앞에서 떠난다는 것이 부끄러워. 렘브란트의 〈황금 투구를 쓴 전사〉도 나와 같지 않았을까? 그도 남았을 거야. 나도 남고. 만약 쿠르드족이 이곳에 쳐들어온다면 내 발에 가장 먼저 편자를 박겠지. 아, 선생이여. 네 제자가 노새처럼 최후를 맞게 되리라고는 상상도 못 했지?

그리스인들과 옥신각신한 끝에 우리는 오늘 밤 노새, 말, 염소, 아녀자와 아이들을 데리고 모이기로 했네. 새벽녘에 모두 북쪽으로 떠날 예정이네. 나는 숫양 대장처럼 앞장설 거야.

전설적인 이름을 가진 산악 지방과 평지에서 동포들을 이주시키는 목자의 행위. 나는 그리스라는 약속의 땅으로 인도할 모세가 될 거야. 물론 자네에게 부끄럽지 않으려면 자네가 우스꽝스럽다고 생각할 최신 유행의 각반은 벗어야겠지. 양가죽으로 만든 보호대로 정강이를 감싸야겠지. 그리고 기름이 번들

거리는 긴 수염을 기르고, 두 개의 뿔이 나 있어야겠지. 하지만 불행하게도 난 자네에게 그런 기쁨을 줄 수가 없어. 나는 각반을 차고 매끄럽게 면도했어. 게다가 아직 미혼이지.

나의 존경하는 선생이여. 어쩌면 마지막이 될지도 모를 이 편지를 자네가 꼭 받기 바라네. 누가 알겠나. 이 편지가 마지막인지 아닌지. 나는 우리 인간들을 보호한다는 신비한 힘 따위는 믿지 않네. 오히려 악의나 목적도 없이 이리저리 마구 휘둘러 대며 때려 부수는 맹목적인 힘을 믿지. 내가 만약 세상을 떠난다면(우리를 공포에 빠지게 하는 죽음 대신 '떠나다'라고 쓰네. 난 죽는 것이 두려워.) 내가 이 세상을 떠난다면. 그래, 만약 내가 이 세상을 하직한다면 잘 있게나. 친애하는 나의 선생이여. 나도 이런 말이 부끄럽지만 할 수밖에 없군. 나도 그동안 너를 참 많이 사랑했어.

그리고 아래에 연필로 급하게 쓴 추신이 있었다.

추신. 우리가 헤어질 때 했던 약속을 잊지 않고 있어. 내가 이 세상을 '하직'하게 되면 자네에게 이 사실을 알려주겠다고 한 약속 말이야. 네가 어디에 있든, 네가 겁먹지 않도록.

13

사흘이 지났다. 나흘, 그리고 닷새가 지나도록 조르바는 돌아오지 않았다.

엿새가 지나서 카스트로에서 온 두툼한 편지, 유쾌하지 않은 편지를 받았다. 편지는 향수를 뿌린 핑크빛 편지지 위에다 썼는데 화살에 맞은 하트가 그려져 있었다.

나는 그 편지를 보관하고 있다. 고대 그리스풍의 어려운 문자를 섞어 넣은 표현들도 살려 여기에 옮긴다. 그의 매력적인 맞춤법 오류는 바로잡았다. 조르바에게는 펜대를 손도끼 잡듯 잡고 힘들여 쓰는 버릇이 있다. 그 때문에 종이 곳곳에 구멍이 나고 잉크가 번져 있었다.

자본가 나리!

건강이 어떤지 물으며 글을 시작합니다. 우리도 잘 있어요. 다 하느님 덕분입니다.

나는 이미 오래전부터 내 소가 되려고 태어난 것이 아니라는 걸 알고 있습니다. 짐승들은 먹기 위해 살죠. 나는 그런 비난을 피하기 위해 밤낮 일거리를 만들고 나의 이상을 위해 내 생업을 위험에 빠지게 하는 일도 하죠. 속담을 비틀어 써먹기도 해요. '새장의 배부른 새보다 연못의 비쩍 마른 물닭이 낫다.'

많은 사람은 애국한다고 하지만 보수 없이는 움직이지 않습니다. 나는 애국자도 아니고 앞으로도 그럴 생각이 없습니다. 어떤 희생을 치르더라도. 많은 사람은 천국을 믿고 거기에 나귀 한 마리를 매놓고 있어요. 나는 나귀도 갖지 않은 자유인이고 내 나귀가 죽을 곳인 지옥이 두렵지 않아요. 토끼풀을 신나게 처먹을 나귀가 없으니 천국도 바라지 않아요. 나는 무식한 돌머리라 무슨 말을 하는지 잘 모르지만 보스 양반은 이해할 겁니다.

많은 사람이 인생의 허무를 두려워합니다. 나는 그것을 이겼어요. 많은 사람이 어렵게 생각하지만 난 생각할 필요가 없어요. 나는 좋은 일이 있다고 기뻐하거나 나쁜 일이 있다고 섭섭해 하지 않습니다. 나는 선에 대해 기뻐하지도, 악에 대해 실망하지도 않죠. 그리스인들이 콘스탄티노플을 탈환했다는 소식을 들어도 내게는 터키가 아테네를 점령했다는 것과 마찬가지입니다.

이런 소리를 쓴다고 해서 내가 늙었다고 생각된다면 소식 주세요. 나는 이곳 카스트로의 가게를 돌아다니며 케이블 재료를 사려 할 때마다 웃음이 납니다. '왜 웃는 거요?' 사람들이 묻습니다. 내가 어떻게 설명할 수 있겠어요? 내가 웃는 것은 강철 케이블 줄이 쓸 만한지 손을 뻗다 불쑥 이런 생각이 나서입니다. 인간이라는 것이 대체 무엇이며, 어떤 쓸모가 있기에 이 세상에 왔는가, 하는 생각이 들어 웃었습니다. 내 생각을 말한다면 인간은 아무짝에도 쓸모가 없습니다. 내가 마누라가 있건 없건, 내가 정직하든 정직하지 못하든, 내가 높은 사람이건 천박한 사람이건, 모든 것이 똑같아요. 그나마 차이가 있는 건 내가 살아 있느냐, 죽었느냐 그것뿐이에요. 악마나 하느님이 부르면 (악마나 하느님도 내겐 똑같아요.) 나는 숨이 끊기고 송장이 되겠죠. 그래서 냄새로 산 사람을 쫓게 되고, 사람들은 나를 멀리 처넣겠죠.

이야기를 한 김에 내가 겁이 나는 것이 있어 보스 양반에게 물어보겠습니다. 딱 하나, 결국 마음의 문제인데 그것이 나를 가만히 내버려 두지 않습니다. 보스 양반, 내가 무서운 것은 나이를 먹는 것이에요. 죽음은 아무것도 아닙니다. 훅, 하고 꺼질 촛불이죠. 그러나 늙는다는 것은 창피합니다.

나이 먹어 가는 걸 고백하는 것이 진정으로 창피합니다. 그래서 사람들이 눈치 챌 수 없도록 별짓을 다 합니다. 뛰고 춤추고. 등이 아프지만 아무렇지 않은 듯 나는 춤을 춥니다. 술을 마시고 취기가 오르면 세상이 돌지만 술에 취하지 않은 것처럼 버티죠. 나는 멀쩡하게 뛰고 놉니다. 땀이 나서 바다로 뛰어들고 감기에 걸려 기침이 납니다. 콜록콜록! 기침해 버리면 시원하겠지만 나는 기침을 억지로 참습니다. 내가 기침하는 것을 본 적 있나요? 아마 없을 거예요. 절대로 남들이 앞에 있을 땐 그런다고 말하지 마십쇼. 나는 조르바 앞에서도 하지 않아요. 어떻게 생각하시나요. 나는 조르바 앞에서도 창피합니다. 그놈이 부끄러워요.

언젠가 아토스산에 있을 때—그곳에 갔었죠. 다리가 부러졌어야 하는데—키오스섬 출신인 라브렌티오라고 하는 신부를 만났습니다. 이 한심한 친구는 자기 안에 악마가 산다고 확신했어요. 그 악마에게 이름도 붙여 주었죠. 이름이 터키의 호자랍니다. '호자는 성 금요일에 고기가 먹고 싶단다!' 이 한심한 라브렌티오가 이렇게 중얼대며 성당 문지방에 머리를 찧습니다. '호자가 여자랑 자고 싶단다. 호자가 수도원장을 죽이고 싶어 한다. 호자. 내가 아니고 호자가.' 그러고는 머리를 벽에 찧습니다.

보스 양반, 내 안에도 조르바라는 악마 한 놈이 살아요. 그 조르바는 늙기를 거부합니다. 나이를 먹어 본 적도 없고 앞으로도 먹지 않을 거예요. 까마귀같이 검은 머리카락에 이빨은 서른두 개, 귀 뒤에 카네이션을 꽂고 다니죠. 하지만 바깥의 조르바는 가엾게도 망가졌어요. 주름살이 생기고 이는 빠지고 커다란 귀에는 늙으면 나오는 흰털이 늘어 영락없는 길쭉한 당나귀 귀가 되었죠.

보스 양반. 이 조르바가 뭘 할 수 있겠어요? 언제까지 이 두 조르바가 싸우게 둘까요? 내가 빨리 뒈진다면 상관없겠습니다만 오래오래 살게 되면 난 망하는 거죠. 쫄딱 망하는 겁니다. 창피해서 견디지 못하는 날이 올 겁니다. 나는 자유를 잃고 며느리나 딸아이는 아이를 봐 달라고 명령할 것입니다. 아이가 혹 불에 데지는 않나, 떨어지지는 않나, 흙이 묻지는 않나 하고 말입니다. 그리고 그놈이 더러워진 걸 보면 내가 씻어 줘야 할 겁니다.

당신은 젊지만 역시 같은 수모를 겪게 될 겁니다. 조심하십시오. 내 말을 듣고 그대로 해요. 산으로 들어가세요. 우리에게 구원은 없습니다. 산으로 들어가 석탄, 구리, 철광석, 마그네슘을 캐서 돈을 벌자고요. 그래서 친척이 우리를 존경하게 만들고 친구들은 우리 구두를 핥고 모든 부자들이 우리 앞에서 모자를 벗게 하자고요. 만약 우리가 실패한다면 이리나 곰이나 아무거나 만나 잡아먹히는 편이 나을 겁니다. 짐승에게 좋은 일은 하는 셈이죠. 하느님이 그런 짐승을 이 땅으로 보낸 건 우리 같은 놈들을 잡아먹어 굴욕을 막아 주기 위해서일 겁니다.

이 대목에서 조르바는 색연필로 푸른 나무 아래에서 새빨간 이리 일곱 마리에 쫓겨 도망치는 키가 크고 깡마른 사내를 그려 놓았다. 그림 위에는 큼직하게 '조르바와 지옥에 갈 일곱 가지 죄악'이라고 썼다.

편지는 계속된다.

이 편지를 읽으면 당신은 내가 얼마나 불행한 사람인지 이해하셨을 거요. 나는 오직 보스 양반에게만 위안을 얻습니다. 당신은 나와 비슷하거든요. 당신은 그걸 잘 모르지만 보스 양반의 마음에도 악마 한 마리가 있죠. 하지만 아직 이름을 모르고, 그걸 모르니 숨을 제대로 쉬지 못할 거예요. 그놈에게 세례를 베풀어 이름을 주면 좀 나아질 겁니다.

내가 불행한 놈이라고 했죠? 내가 짜내는 모든 잔머리는 쓰레기 이외에 아무것도 아니란 걸 잘 알아요. 하지만 어떤 때엔 나도 근사한 생각이 나서 며칠을 빠져 있을 때가 있죠. 내 안에 조르바가 시키는 대로 산다면 이 세상 사람들은 모두 깜짝 놀랄 거예요.

나는 내 인생과 맺은 계약에 시간제한 조항이 없다는 걸 알아요. 그래서 가장 위험한 경사 길에서 브레이크를 뗍니다. 모든 사람의 인생에는 가파른 오르막과 내리막이 번갈아 있죠. 그러나 보스 양반, 바로 이 지점에서 내가 어떤 인간인지를 보여 줄게요. 나는 브레이크를 버렸어요. 왜냐하면 대형 사고를 무서워하지 않거든요. 기계가 선로를 이탈하는 걸 우리 기술자들은 대형 사고라고 합니다. 만약 내가 그것에 신경 썼다면 저주받았을 겁니다. 나는 밤이든 낮이든 내 맘대로 합니다. 전속력으로 내달리고 부딪히고 뒤집혀 박살난다 해도 상관없어요. 그래봐야 손해가 있나요? 아무것도 없어요. 내가 신중하게 간다고 사고가 안 날까요? 당연히 나죠. 그럴 바엔 화끈하게 가는 게 낫죠.

보스 양반, 지금 나를 비웃고 있겠지만 나는 지금 이 허튼소리를 늘어놓으렵니다. 나는 내 허튼소리, 그게 아니라면 내 생각과 약점들,—이 세 가지가 다른지 잘 모르겠습니다.—이것들에 대해 쓰고 있어요. 비웃어도 상관없습니다. 나는 비웃는 보스 양반을 비웃으니까요. 그렇게 세상에 비웃음은 끊이지 않죠. 누구나 다 미친 구석이 있게 마련이에요. 가장 미친 사람은, 내 생각에 미친 구석이 없는 사람일 거예요.

이제 나는 이곳 카스트로에서 내 미친 짓에 대해 공부하고 있어요. 그리고 온갖 자질구레한 것까지 쓰고 있어요. 왜냐하면 당신의 충고가 듣고 싶기 때문입니다. 당신은 아직 젊어요. 하지만 지혜가 담긴 옛날 책을 많이 읽어, 이런 표현을 싫어할 수도 있겠지만 옛날 사람이 됐죠. 그래서 보스 양반에게 지혜를 구합니다.

나는 사람은 저마다 고유한 냄새를 갖고 있다고 생각해요. 냄새가 온통 뒤죽박죽이 되니 우리는 잘 모르죠. 어느 냄새가 내 것이고 또 어느 냄새가 네 것인지를요. 다만 어떤 지독한 냄새를 인간의 악취라고 합니다. 개중에는 이걸 라벤더 향처럼 맡지만 난 토할 것 같아요. 이야기가 삼천포로 샜으니 이만 할게요.

내가 하려던 말은 이거예요. 여자라는 뻔뻔한 것들은 암캐처럼 촉촉한 코를 갖고 있어요. 그래서 냄새만으로도 자기를 원하는 남자와 그렇지 않은 남자를 가려내요. 그렇게 냄새를 잘 맡으니 내 뒤를 따라오겠죠. 나같이 옷 한 벌 제대로 없는 거지인 늙은이에다 못생겼는데도. 하느님이 암캐들을 축복해 주시기를!

내가 카스트로에 온 첫날 어둠이 내릴 무렵이었어요. 바로 상점으로 갔지만 벌써 문을 닫은 후였어요. 그래서 여관을 잡고 노새에게 여물을 먹이고 나도 식사를 했죠. 씻고 나서 담배를 하나 물고 산책이나 할 요량으로 나갔어요. 시내에 나가 봐야 내가 아는 사람도 없고 날 알아보는 사람도 없으니 완전한 자유였죠. 호박씨를 사서 우물거리며 설렁설렁 걸어 다녔어요. 가로등에 불이 들어오고, 사내들은 우조(그리스산 와인 중 하나)를 마시고 숙녀들은 집으로 돌아가고 있었죠. 그녀들에게서 화장비누, 분 냄새, 꼬치구이 냄새, 음식 냄새가 났죠. 그래서 속으로 생각했어요. '이봐, 조르바. 이 벌름거리는 콧구멍을 달고 언제까지 살 것 같나. 아직 시간이 있을 때 실컷 마셔 두게. 늙은이야.'

나는 숨을 크게 들이쉬었죠. 보스 양반도 잘 아는 큰 광장에서 여기저기를 다니는데 사람들이 왁자하게 떠들고 춤추고 탬버린을 두드리며 동양 노래를 부르는 소리가 나는 거예요. 나는 귀를 세우고 노랫소리가 들리는 곳으로 갔어요. 어느 카페에서 나는 소리였죠. 춤도 추고 쇼도 하는 곳이었는데 들어가고 싶더라고요. 그래서 맨 앞 테이블에 편히 앉았습니다. 거리낄 것이 없었죠. 날 아는 사람이 없어서 자유였으니까요.

드럼통 같은 여자가 무대 위에서 치마를 들추며 춤추는데 볼 것도 없었죠. 나는 맥주 한 병을 시켰어요. 그런데 삽에 담길 정도로 분을 처바른 까무잡잡하고 조그만 여자가 다가와 내 테이블에 앉습디다.

'할아버지, 앉아도 되나요?' 요것이 웃으며 묻더라고요.

피가 확 솟구쳤어요. 목젖을 비틀고 싶었지만 참았죠. 그리고 웨이터에게 말했어요.

"샴페인 두 병 가져와."

용서하세요. 당신의 돈을 조금 썼습니다. 그렇지만 그런 모욕을 당했기 때문에 나의 명예, 그리고 우리 명예를 지켜야 했어요. 이 어린것을 우리 앞에 무릎 꿇게 만들어야 했어요. 이런 위기의 순간의 내가 가만히 있길 바라지 않겠죠. 그래서 샴페인을 두 병 가져오라고 시켰습니다.

샴페인이 나왔고, 과자도 좀 시켰어요. 그러다가 샴페인을 더 시켰죠. 재스민 장수가 왔기에 바구니를 다 사서 어린것 무릎 앞에 확 부었어요.

마시고, 마시고 또 마셨어요. 난 여자의 손 하나 건드리지 않았습니다. 내가 여자 다루는 법을 좀 알죠. 젊었을 적엔 더듬는 짓거리부터 했지만 나이가 든 지금은 달라요. 먼저 돈을 쓰고 정중하고 느긋하게 대합니다. 헤픈 여자들은 꼽추건 거지건 노인이건 상관하지 않아요. 그 암캐들 눈에는 돈을 꺼내는 손만 보이니까요. 그래서 돈을 좀 뿌렸어요. 하느님께서 부디 천 배로, 만 배로 돌아오게 해 주시기를. 그랬더니 이 여자가 내 옆에 붙어 떨어지려 하지 않았어요. 내게 몸을 완전 밀착시켰죠. 나는 의연하게 가만히 있었지만 속에선 천불이 났죠. 이렇게 하면 여자들은 더 미치죠. 당신에게 이런 경우가 있다면 속에 불이 나도 절대 손을 대지 마셔야 해요.

그렇게 한밤중이 될 때까지 마시다가 자정이 넘었죠. 불이 꺼지고 카페도 문을 닫았습니다. 나는 1,000드라크마짜리 한 묶음을 꺼내 계산하고 웨이터에게 팁도 줬어요.

여자가 내게 매달려 묻더군요.

'이름이 뭐예요?'

'할아버지다.' 난 무뚝뚝하게 대답했어요.

그러자 이 쪼그만 것이 아프게 날 꼬집고는 속삭이더라고요.

'아이 참. 나랑 가요!'

나는 조그마한 손을 쥐고 대답했어요.

'가자. 이 쪼그만 것아.' 내 목소리는 갈라지고 있었어요.

뭐 그다음은 아시겠죠? 우리는 사랑을 나누고 잠들었어요. 깨 보니 이미 한낮이었죠. 주위를 둘러봤는데 뭐가 보였는지 아세요? 깔끔하고 조그마한 방, 안락의자, 세면대와 비누, 향수, 거울들, 그리고 각종 색깔의 옷들, 사진도 많았어요. 뱃놈, 장교, 선장, 경찰관, 그리고 여자들 사진도 있었는데 몸에 걸친 거라곤 샌들뿐이었죠. 침대 위에 향내가 나는 암컷이 머리를 헝클어뜨린 채 누워 있었어요.

나는 눈을 감고 중얼거렸어요. '이봐, 조르바. 넌 지금 살아서 천국에 왔어. 이 좋은 곳에 왔으니 가만히 있거라.'

보스 양반, 내가 언젠가 사람에겐 나름의 천국이 있다고 했죠? 당신의 천국은 수많은 책과 잉크가 가득한 방일지 모르죠.

어떤 놈은 포도주, 럼, 브랜디가 있을 테고 어떤 놈은 영국 금화가 쌓여 있겠죠. 내 천국은 각종 색깔의 옷과 향수, 비누, 침대, 그리고 암컷 하나가 있는 방, 바로 여기였죠.

고백한 죄에 대해선 반쯤은 용서가 된다고 생각해요. 그날 나는 밖으로 코빼기도 내밀지 않았어요. 어딜 가겠어요. 여기서 나는 잘 지내고 있어요. 최고급 여관에 주문해서 식사를 배달시켰죠. 검은 철갑상어 알에 고기, 생선, 레몬주스, 카다이프(실타래처럼 길고 가는 면의 일종)까지 정력에 좋다는 음식으로만 먹었어요. 우리는 또 사랑을 나누고 곯아떨어지고 저녁이 돼서야 일어나 그녀가 일하는 카페로 갔어요.

긴 이야기는 집어치울게요. 지겨우실 테니까요. 나는 아직 계획대로 진행하고 있습니다. 걱정하실 필요 없어요. 가끔 나가 상점을 돌아다니고 있어요. 케이블과 필요한 물건도 구입할 테니 너무 심려하지 마세요. 하루 또는 일주일 정도 늦는다고 큰일이 나진 않겠죠. 사람들은 고양이가 서두르다가 아픈 새끼를 낳는다고 하죠. 그러니 서두를 것 없어요. 내가 귀를 씻고 마음이 맑아지는 때를 기다리는 겁니다. 그래야 사기당하지 않죠. 케이블 줄은 최고급이어야 합니다. 그래야 망조가 들지 않아요. 그러니 조금만 참을성 있게 기다리세요. 그리고 나를 믿으세요.

그리고 무엇보다 내 건강은 신경 쓰실 게 없어요. 지금 하고 있는 모험은 내 건강에 아주 좋아요. 며칠 만에 나는 다시 스무 살로 돌아갈 거예요. 내가 허리가 아프다고 한 것 기억나나요. 지금은 아주 튼튼합니다. 아침마다 거울을 보는데 머리가 새까매지지 않은 게 이상할 뿐이죠.

당신은 내가 왜 이런 시시콜콜한 이야기를 다 쓰는지 궁금한가요? 이걸 아셔야 해요. 당신은 내 고해 성사를 듣는 사람입니다. 당신에겐 지은 죄를 털어놓아도 부끄럽지 않아요. 왜냐고요? 내가 잘못하든 잘하든 당신은 별로 개의치 않는 것 같아서요. 당신에겐 하느님처럼 물에 젖은 스펀지가 있습니다. 그걸 들고 잘못한 짓을 모두 지워 버리죠. 그래서 내가 용기를 내서 다 말하는 겁니다.

지금 나는 엉망으로 취해 머리가 깨질 것 같아요. 보스 양반, 제발 부탁이니 펜을 들어 답장을 써 주십시오. 당신 답장을 받을 때까지 난 가시방석에 있는 기분일 거예요. 지금부터 상당 기간 동안 하느님이나 악마의 장부에 내 이름이 없을 거예요. 그래서 내 말을 들어줄 사람은 보스 양반뿐입니다. 그러니 무슨 일이 벌어지고 있는지 들어줘요.

어제 카스트로에서 벌어진 축제에 갔었습니다. 그런데 악마 놈이 이게 어떤 성자의 이름과 닮았는지 말을 안 해줬어요. 아, 나와 같이 있는 여자는 롤라예요. 그 여자는 나를 여전히 할아버지라고 부르죠. 하지만 애칭으로 부르는 거예요.

'할아버지! 나 축제에 가고 싶어.'

'그럼 가 봐. 할멈.'

'할아버지랑 같이 가고 싶어.'

'난 안 가. 지겨워.'

'그럼 나도 안 가.'

내가 바라보았습니다.

'왜 안 가? 가고 싶지 않은 거야?'

'함께 가면 가고, 아니면 안 갈래요.'

'왜? 넌 자유인이잖아?'

'아니. 난 자유인이 아니야.'

'자유인이고 싶지 않아?'

'응. 원하지 않아.'

난 놀라 까무러칠 뻔했어요. 정말.

'자유를 원하지 않는다고?' 난 소리를 쳤죠.

'난 자유 싫어. 절대 싫어.'

보스 양반, 난 지금 롤라의 방에서 이 편지를 씁니다. 나는 자유를 원하는 자만이 인간이라고 생각해요. 여자는 자유를 바라지 않아요. 그러면 여자도 인간인가요?

제발 빨리 대답해 주세요. 우리 보스 양반에게 행운이 있기를.

알렉시스 조르바

조르바의 편지를 다 읽고 난 마음은 두 갈래, 세 갈래였다. 화를 내야 할지 웃어야 할지 아니면 이 원시인에게 감탄해야 할지 알 수 없었다. 그는 논리와 도덕과 정직이라는 삶의 껍질을 깨고 삶 속으로 곧장 들어가 버렸다. 그래서 그에게는 만족을 모르고 그를 극한으로 몰아붙이는 아주 위험하기 짝이 없는 미덕만 남았다.

글을 쓸 때면 참을 수 없는 충동에 펜을 부러뜨리는 이 무식한 노동자는 원숭이에서 벗어난 원시 인간처럼 또는 위대한 철학자처럼 인간 본질의 문제에 매달려 있다. 조르바는 이런 문제를 당장 긴급하게 해결해야 할 것처럼 묻는다. 어린아이처럼 모든 것을 처음 보듯 신기해한다. 그에게는 모든 것이 기적으로 와서 그는 아침마다 나무와 바다, 들과 새를 보고 놀란다. 그는 소리를 지른다.

"이 기적은 대체 뭔가요? 이 나무, 바다, 돌, 그리고 새라는 기적이."

둘이서 마을로 향해 가며 노새를 타고 가는 노인을 만난 적이 있다. 노새를 바라보는 조르바의 눈이 커졌다. 그때 그의 눈빛이 너무나 강렬해서 농부는 질겁하고 소리쳤다.

"여보쇼. 그런 악마 같은 눈으로 보지 마쇼." 그리고 성호를 그었다.

나는 조르바를 돌아보았다.

"뭘 했기에 저 노인이 기겁하고 소리를 지릅니까?"

"내가요? 나는 노새를 봤을 뿐이에요. 그런데 놀랍지 않나요?"

"뭐가요?"

"이 세상에 노새가 있다는 것이요."

또 한 번은 내가 바다에 누워 책을 읽는데 조르바가 산투리를 들고 맞은편에 앉아 연주하기 시작했다. 나는 그를 바라보았다. 그는 차츰 표정이 변했다. 원초적인 기쁨으로 빠져들었다. 알 수 없는 환희에 취한 조르바가 노래를 부르기 시작했다.

마케도니아의 민요, 산적들의 노래, 야성적인 목소리. 어느덧 인간의 후두부는 인간으로 진화하기 이전으로 돌아가 있었다. 지금 우리가 시, 음악, 사상이라고 부르는 정서의 복합체가 "아! 아크! 으챠!" 따위의 외침으로 나오고 있었다. 오늘날 우리가 문명이라고 부르는 보잘것없는 껍데기는 깨어졌다. 그 소리는 조르바의 내면에서 고릴라가 날뛰는 소리였다. 갈탄이고 흑자고 적자고 부불리나고 다 사라졌다. 그 소리는 모든 것을 휩쓸었고 우리는 아무것도 필요 없었다. 가슴속에 인생의 달콤함과 쓰라림을 간직한 채 황량한 해안에 꼼짝 않고 있었다. 태양은 계속 움직였고 밤이 내리며 큰곰자리 별은 부동의 하늘 축을 돌며 춤추었다. 달이 뜨자 모래 위에서 노래를 불러 대는 두 마리 조그만 짐승을 달이 놀란 눈으로 내려다보았다.

조르바는 격정을 이기지 못하고 갑자기 소리쳤다. "인간은 짐승이로구나. 여보쇼. 보스 양반, 책은 집어치워요. 창피하지도 않나요? 인간은 짐승이에요. 짐승은 책을 읽지 않아요."

그가 잠시 침묵하더니 웃었다.

"하느님이 남자를 어떻게 만들었는지 아쇼? 이 짐승이 하느님께 맨 처음 뭐라고 했는지 아쇼?"

"모릅니다. 내가 어떻게 알겠어요. 난 거기 있지도 않았는데."

"내가 거기 있었어요." 조르바가 눈을 반짝였다.

"그럼 말해 보세요."

조르바는 반쯤 도취된 듯, 반쯤 장난인 듯 인간의 창조에 관한 이야기를 엮었다.

"잘 들어 보세요. 어느 날 아침, 하느님은 기분이 별로 좋지 않아서 중얼거렸죠. '나도 참 외로운 신이야. 내게 향불 하나 피워 줄 놈 없고 심심풀이로 내 이름 불러 줄 놈 하나 없으니. 이제 혼자 사는 것도 지겨워.' 이 양반은 손바닥에 침을 뱉고 소매를 걷어붙이고 안경을 찾아 썼죠. 흙 한 덩어리를 집어 침을 뱉어 가며 잘 주물러 그걸로 인간 하나를 빚었죠. 그리고 햇빛에 말렸어요. 이레가 지나고 다시 구웠어요. 하느님은 그걸 보며 웃었죠. '이건 꼭 돼지 새끼 같구나. 내가 생각한 것과 다른 것이 나왔어.' 그리고 그걸 잡아 올려 엉덩일 걷어차며 말했죠. '꺼져 버려. 가서 다른 돼지 새끼들을 만들어라.' 하지만 맙소사, 그건 돼지가 아니었어요. 모자를 턱 하니 쓰고 웃옷을 걸치고 줄을 세운 바지에 빨간 술이 달린 터키 슬리퍼를 신고 있었어요. 허리춤에는 악마 놈이 준 것 같은 칼을 차고 있었어요. 칼에는 '내가 너를 잡아먹겠다.'라고 쓰여 있었어요. 그건 사내였어요. 하느님이 입맞춤하라고 손을 내밀면 인간이란 놈은 콧수염을 꼬며 말했죠. '어이, 노인장. 지나가게 비켜요.'"

내가 웃자 조르바는 말했다.

"웃지 마쇼. 정말 그렇다니까요."

"그걸 어떻게 알죠?"

"그랬다고 내가 느끼니까요. 내가 아담이라도 그렇게 했을 거예요. 아담이 그렇게 했을 거라고요. 책에 쓰여 있는 것들은 믿지 마쇼. 내 말을 들으시라고요."

그는 손을 뻗쳐 산투리를 연주하기 시작했다.

나는 화살에 뚫린 하트가 그려진 향긋한 편지를 쥔 채 그와 보낸 날들을 기억했다. 조르바와 함께하는 시간은 전혀 다른 맛을 냈다. 그와 함께라면 시간은 더 이상 외부 사건도 내부의 풀지 못할 철학적 문제도 아니었다. 시간은 손을 간질이며 빠져나가는 모래 같았다.

나는 중얼거렸다. '조르바에게 축복을. 조르바는 내부에서 떨고 있는 추상적인 개념들에 따뜻하고 사랑스러운 육체를 주었네. 그가 없으니 나는 다시 춥구나.'

나는 종이 한 장을 꺼냈다. 그러고는 인부 한 명을 불러 전보를 치게 했다.

"당장 돌아오기를 바람."

생각뿔 | 세계문학 미니북 클라우드 라이브러리

거장의 숨소리를 만나는 특별한 여행

001 | 위대한 개츠비×F. 스콧 피츠제럴드 Francis Scott Key Fitzgerald

002 | 동물농장×조지 오웰 George Orwell

003 | 노인과 바다×어니스트 헤밍웨이 Ernest Hemingway

004 | 데미안×헤르만 헤세 Herman Hesse

005 006 007 | 오만과 편견×제인 오스틴 Jane Austen

008 009 | 1984×조지 오웰 George Orwell

010 | 이방인×알베르 카뮈 Albert Camus

011 | 젊은 베르테르의 슬픔×요한 볼프강 폰 괴테 Johann Wolfgang von Goethe

012 013 | 페스트×알베르 카뮈 Albert Camus

014 | 인간 실격×다자이 오사무 Dazai Osamu

015 | 변신×프란츠 카프카 Franz Kafka

016 017 | 그리스인 조르바×니코스 카잔차키스 Nikos Kazantzakis

*** | 어린 왕자×앙투안 드 생텍쥐페리 Antoine Marie Roger De Saint Exupery

*** | 안나 카레니나 1~3×레프 톨스토이 Leo Nikolayevich Tolstoy

*** | 사람은 무엇으로 사는가?×레프 니콜라예비치 톨스토이 Leo Nikolayevich Tolstoy

*** | 햄릿×윌리엄 셰익스피어 William Shakespeare

*** | 예언자×칼릴 지브란 Kahlil Gibran

*** | 적과 흑 1~2×스탕달 Stendhal

*** | 폭풍의 언덕×에밀리 브론테 Emily Bronte

*** | 독일인의 사랑×프리드리히 막스 뮐러 Friedrich Max Müller

*** | 도리언 그레이의 초상×오스카 와일드 Oscar Wilde

*** | 이상한 나라의 앨리스×루이스 캐럴 Lewis Carroll

*** | 두 도시 이야기×찰스 디킨스 Charles John Huffam Dickens

*** | 벨 아미×기 드 모파상 Guy de Maupassant

*** | 오페라의 유령×가스통 르루 Gaston Leroux

*** | 수레바퀴 아래서×헤르만 헤세 Herman Hesse

*** | 월든×헨리 데이비드 소로 Henry David Thoreau

*** | 킬리만자로의 눈×어니스트 헤밍웨이 Ernest Hemingway

*** | 오즈의 마법사×라이먼 프랭크 바움 L. Frank Baum

*** | 레 미제라블 1 ~5×빅토르 위고 Victor Marie Hugo

*** | 파우스트 1~2×요한 볼프강 폰 괴테 Johann Wolfgang von Goethe

*** | 바냐 아저씨×안톤 체호프 Anton Pavlovich Chekhov

*** | 로미오와 줄리엣×윌리엄 셰익스피어 William Shakespeare

*** | 바람이 분다×호리 다쓰오 Tatsuo Hori

*** | 세 가지 질문×레프 니콜라예비치 톨스토이 Leo Nikolayevich Tolstoy

*** | 맥베스×윌리엄 셰익스피어 William Shakespeare

*** | 외투 · 코×니콜라이 바실리예비치 고골 Nikolai Vasilievich Gogol

*** | 마지막 잎새×오 헨리 O. Henry

*** | 리어 왕×윌리엄 셰익스피어 William Shakespeare

*** | 좁은 문×앙드레 지드 Andr-Paul-Guillaume Gide

*** | 벚꽃 동산×안톤 체호프 Anton Pavlovich Chekhov

*** | 벤자민 버튼의 시간은 거꾸로 간다×F. 스콧 피츠제럴드 Francis Scott Key Fitzgerald

*** | 눈의 여왕×한스 크리스티안 안데르센 Hans Christian Andersen

*** | 개를 데리고 다니는 여인×안톤 체호프 Anton Pavlovich Chekhov

*** | 광란의 일요일×F. 스콧 피츠제럴드 Francis Scott Key Fitzgerald

*** | 천로역정×존 버니언 John Bunyan

*** | 지킬 박사와 하이드×로버트 루이스 스티븐슨 Robert Louis Stevenson

*** | 귀여운 여인×안톤 체호프 Anton Pavlovich Chekhov

*** | 이솝 이야기×이솝 Aesop
*** | 무기여 잘 있거라×어니스트 헤밍웨이 Ernest Hemingway
*** | 네 개의 서명×아서 코난 도일 Arthur Conan Doyle
*** | 배스커빌가의 개×아서 코난 도일 Arthur Conan Doyle
*** | 미녀와 야수×잔 마리 르 프랭스 드 보몽 Jeanne-Marie Leprince de Beaumont
*** | 공포의 계곡×아서 코난 도일 Arthur Conan Doyle
*** | 주홍색 연구×아서 코난 도일 Arthur Conan Doyle
*** | 제인 에어 1~2×샬럿 브론테 Charlotte Bronte
*** | 피아노 치는 여자×엘프리데 옐리네크 Elfriede Jelinek
*** | 왼손잡이×니콜라이 레스코프 Nikolai Semyonovich Leskov
*** | 소송×프란츠 카프카 Franz Kafka
*** | 마음×나쓰메 소세키 Natsume Sosek
*** | 실낙원 1~2×존 밀턴 John Milton
*** | 복낙원×존 밀턴 John Milton
*** | 테스 1~2×토머스 하디 Thomas Hardy
*** | 어머니 이야기×한스 크리스티안 안데르센 Hans Christian Andersen
*** | 야간 비행×앙투안 드 생텍쥐페리 Antoine Marie Roger De Saint Exupery
*** | 톰 소여의 모험×마크 트웨인 Mark Twain
*** | 포로기×오오카 쇼헤이 Shohei Ooka
*** | 파계×시마자키 도손 Shimazaki Toson
*** | 인공호흡×리카르도 피글리아 Ricardo Piglia
*** | 정글북×조지프 러디어드 키플링 Joseph Rudyard Kipling
*** | 신곡-연옥×단테 알리기에리 Alighieri Dante
*** | 황금 물고기×J.M.G. 르 클레지오 Jean-Marie-Gustave Le Clezio
*** | 판탈레온과 특별봉사대×마리오 바르가스 요사 Mario Vargas Llosa
*** | 선 오브 갓, 예수의 생애×찰스 디킨스 Charles John Huffam Dickens
*** | 잠자는 숲 속의 공주×샤를 페로 Charles Perrault
*** | 나귀 가죽×오노레 드 발자크 Honore de Balzac

*** | 프랑켄슈타인×메리 셸리 Mary Shelley

*** | 노예 12년×솔로몬 노섭 Solomon Northup

*** | 외로운 남자×외젠 이오네스코 Eugene Ionesco

*** | 둔황×이노우에 야스시 Yasushi Inoue

*** | 어느 어릿광대의 견해×하인리히 뵐 Heinrich Boll

*** | 웃는 남자 1~3×빅토르 위고 Victor Marie Hugo

*** | 가면의 고백×미시마 유키오 Yukio Mishima

*** | 휴먼 스테인×필립 로스 Philip Roth

*** | 바보들을 위한 학교×사샤 소콜로프 Sasha Sokolov

*** | 톰 아저씨의 오두막 1~2×해리엣 비처 스토 Harriet Beecher Stowe

*** | 아버지와 아들×이반 세르게예비치 뚜르게네프 Ivan Sergeevich Turgenev

*** | 베니스의 상인×윌리엄 셰익스피어 William Shakespeare

*** | 해부학자×페데리코 안다아시 Federico Andahazi

*** | 긴 이별을 위한 짧은 편지×페터 한트케 Peter Handke

*** | 호텔 뒤락×애니타 브루크너 Anita Brookner

*** | 잔해×쥘리앵 그린 Julien Green

*** | 절망×블라디미르 나보코프 Vladimir Nabokov

*** | 더버빌가의 테스×토머스 하디 Thomas Hardy

*** | 몰락하는 자×토마스 베른하르트 Thomas Bernhard

*** | 한밤의 아이들 1~2×살만 루슈디 Salman Rushdie

생각뿔 세계문학 미니북 클라우드 라이브러리는 계속 출간됩니다.
*** 근간 목록은 발간 순에 따라 변경될 수 있습니다.

옮긴이 | 안영준

고려대학교를 졸업했다. '언어적 감각'이 뛰어난 IQ 158 멘사 회원이다. 공립 중등국어교사로 8년 동안 근무했으며 대치동에서 논술 전임강사로 활동하기도 했다. 현재는 1인 지식 창업 및 책 쓰기 코칭을 하며 영한 번역을 하고 있다. 옮긴 책으로는 『1984』, 『데미안』, 『위대한 개츠비』, 『노인과 바다』, 『동물농장』, 『오만과 편견』, 『이방인』 등이 있다.

해설 | 엄인정

국민대학교 국어국문학과를 졸업하고 동 대학원에서 국어교육학을 전공했다. 현재 단행본 편집과 영한 번역 업무를 병행하며 프리랜서로 활동 중이다. 옮긴 책으로는 『데미안』, 『톨스토이 단편선』, 『오만과 편견』, 『카프카 단편선』, 『그리스인 조르바』 등이 있다.

그리스인 조르바 1

1판 1쇄 발행 2018년 10월 10일
1판 2쇄 발행 2018년 8월 15일

지은이 니코스 카잔차키스
옮긴이 안영준
해설 엄인정
펴낸이 생각투성이
편집 장기은, 안주영
디자인 생각을 머금은 유니콘
마케팅 김사랑

발행처 생각뿔
주소 서울시 서초구 반포동 66-1 코웰빌딩 102호
등록번호 제233-94-00104호
전화 02-536-3295
팩스 02-536-3296
커뮤니티 www.facebook.com/tubook2018(페이스북)
e-mail tubook@naver.com
ISBN 979-11-89503-04-8(04890)
979-11-964400-8-4(세트)

생각뿔은 '생각(Thinking)'과 '뿔(Unicorn)'의 합성어입니다.
신화 속 유니콘의 신성함과 메마르지 않는 창의성을 추구합니다.